JN117215

パイロットからのメッセージ

一番大切なあなたに

日野好敏
HINO Yoshitoshi

文芸社

目次

1　小学校から高校時代の受験の思い出

私は、東京都大田区池上という所で5歳から青年になるまで生活しました。大田区という土地柄は北部には高級住宅街・田園調布、南部には工業地域や小さな町工場が点在あるいは密集している準工業地域があり、住宅地が3分の2、工業地域が3分の1ほどを占めています。そのような所は日本のどこにもあると思いますが、当時の日本には他のどこにもないものが大田区にはありました。それは、東京湾に面した場所にある羽田東京国際空港です。

私の住んでいた池上は大田区のほぼ中央付近に位置し、駅の北側に日蓮上人入滅の霊跡として知られる池上本門寺とその門前町として発展した参道を中心にした住宅街があり、上人が亡くなられた前日の10月12日には私の町内にある徳持会館から本門寺まで百数十の講、総勢3千人の万灯練り行列に毎年30万人以上が集まります。お会式です。駅の南側は目黒蒲田電鉄（現在の東急電鉄）が開発した碁盤の目のような以前は徳持町と呼ばれていた整然とした住宅街が広がり、そこには航空関係者も多く住んでいました。

その西側には国道1号線が南北に走っていて、沿道に昭和34年には日本アイ・ビー・エム株式会社の千鳥町工場の真っ白な建物が、エントランスの広い芝生の上の大きなＩＢＭの標識と共に近代的な雰囲気を一帯に漂わせていました。

また数キロ南西方面には多摩川が流れ、歌舞伎の演目「神霊矢口渡」にも登場する新田義興公を主祭神とする南北朝時代創建の新田神社があり、その辺りの地名は武蔵新田あるいは矢口と言います。

そして数キロ南東には戦後闇市として栄えてきた蒲田があり、国鉄（現在のＪＲ）沿線から京浜急行沿線まで、キャバレーやバーを含む飲食街、映画街で栄えていました。このような地で私が思春期を過ごした昭和30年代は、戦後一般社会に急速に広まった民主主義を意識した考え方と旧来の日本人の考え方が無秩序に人々の間に存在していた社会だと、私には感じられていました。

私の小学校3年から6年まで4年間の担任は当時50代で、戦前から教師をしていた女性でした。戦前は軍国主義・全体主義的な教育を、戦後は民主主義に基づいた教育をされていたことになります。私が今でも記憶にあるのは、歴史の授業で一番私が関心を持っていた明治時代から第2次世界大戦までの日本の歴史を教わっていない事です。いつも歴史の授業は明治時代に差し掛かるところで学年末を迎えて終わってしまいました。明治以降の歴史を授業で割愛された経験の持ち主は、私の年代にはたくさんいるようです。

　私は今でも明治以降、福沢諭吉ら明治の啓蒙思想家が西洋の民主的な考えを日本に紹介して以来、どのような経緯で日本に全体主義が広まり、帝国主義を標榜するような軍国主義が蔓延することになっていき、日中戦争から太平洋戦争への道を辿ることになったのか残念で仕方がないという気持ちが残っています。その理由は、現代人も自分では民主主義を標榜していると思っていても、実は日本人の心には全体主義へ陥りやすい、組織を個人よりも優先することが当たり前とする気持ちが潜在意識の中に潜んでいると私には思えて仕方ないからです。

　今そのような気持ちでいる私自身は、小学校の頃は「そうはいっても自分が一番大事なのだから、その他の事は後から考えて、とりあえずは自分中心に考えれば良い」と思っていました。親にも口に出して相談したことはありませんでしたが、それしか出来ないと考えていたのです。日本人一般の考え方からするとエゴイスト的な考え方となるのでしょうか、それとも個人主義的な考え方なのでしょうか。組織の事を個人より優先すべきと考えている人たちにとっては、利己主義的な考えも個人主義的な考えもどちらも所詮はエゴイストなのでしょうか。

「そうはいっても」というのは、自分の周りの人間が何となく私に要求してくることと全てです。色々な人が様々な事を言っていると感じていたので、私はそれらを整理出来ずに、全てまとめると、どういう事を私に求めてきているのかわからなかったのです。だから自分に出来る事は、まず自分を大事にして自分の思い通りに生きていけば良いと考えたのです。

幸い、私の母親はうるさく私に言ってくるような事はありませんでした。母も世間体を気にしていたとは思いますが、お嬢様育ちのところがあり、あまり周りの事を気にするタイプではなかったと思います。私の〝空気を読まない〟ところは、ひょっとしたら母親から伝わったのかもしれません。

父親も具体的に何になりなさいとは言ってきませんでした。ただ何も言わなくても、父親からは「一人前にならなくてはだめだ」という圧力は強く感じていました。

そのせいでしょうか、私は子供の頃、時々同じような夢を見ました。子供の頃友人と夢の話をすると、友人は母親から受ける圧迫感にのみ込まれるような夢を見ると言っていた事がありますが、私の夢は、後ろから蛇に追いかけられるというものでした。私は蛇が一番気持ちが悪いものと感じていましたから、何とか蛇から逃げて、安全な場所に辿り着かなくてはいけないといつも感じていたと思います。

安全な場所に辿り着くためには、ちゃんと勉強して自分でも納得出来る学校に入らなくてはいけないと感じていました。しかし中学受験には失敗しました。小学校ではまあまあの出来でしたが、全国模試のような時の成績は見るに堪えないものでした。

そして同じ小学校の他のクラスの全国模試を受けている生徒と一緒に何回かその試験会場に向かいました。彼らとは担任の紹介で、出会ったのは初めてでしたが、一緒に全国模試（四谷だったと思うのですが）の会場までの行き帰りを共にしました。家族と出かける時は銀座方面が多く、新宿方面は行ったことがありませんでした。クラスの友人たちと自転車で羽田の弁天橋辺りに行って釣りをしたり、飛行機を見るぐらいが遠出の経験でしたから、会場への行き方にも自信がなかったからでしょうか、新しい全国模試を一緒に受ける仲間たちには何かわからない嫌な感じを持ったのですが、一緒に行き帰りを共にすることになったのです。

そして私は万引きを経験することになるのです。全国模試の仲間たちは、試験の帰りに新宿のデパートに立ち寄り、万引きをしていたのです。その仲間たちの家庭は、決して貧しくはなかったと思います。同じクラスの成績の良い仲間は模試に行きませんでしたが、たぶん経済的な理由もあったと思います。私が同行してから2回目の時に仲間が捕まりました。私はそのまま逃げ帰り、両親にはとても言えず、捕まった仲間の家に事の次第を報告しに行きました。

日曜日だったので父親が家にいて、すでに警察かデパートの保安係かわかりませんが連絡が入っていたようです。父親は出かけていき、私はこのまま家で待つように指示されました。途中で一度電話があり、私が盗んだものがあるか聞かれました。

数時間も待ったでしょうか、父親が帰ってきて「もう帰ってよい」と言われました。友達はどうしたのか聞きましたが、「今日は誰にも会わせない」と言われました。私の両親に連絡が入っているのか聞いたのですが、「それは知らない」と言われ、不安を胸に我が家に帰りました。

帰り際その父親と別れて玄関へ出るまでの間に、友達がいそうな部屋を見つけ廊下から声を掛けたら、「今は会えない。だいぶ父親にやられたからそのまま帰ってくれ」とのことでした。

両親は、私の帰宅が随分夜遅くなったにもかかわらず、何も質問してきませんでした。翌日学校へ行き、昨日の友人を他のクラスに訪ねてみると、彼の顔には痣(あざ)が残っていたのを覚えています。そしてそれ以降私は全国模試に行かなくなりました。

そんなことがあってから母は、私の中学受験には熱が冷めたような感じになり、それが私にも伝わったのでしょうか、自分でも勉強する気持ちが十分に起きなかったため、結果的に勉強の不足で受験に落ちたのです。自分の努力不足でしたから、仕方ないとしか思いませんでした。

そして大田区立の石川台中学に入学しました。私が住んでいる池上からは東急池上線で五反田方面に五つ目の石川台駅にあります。指定されている学区の中学校の進学成績が良くないことを母親が気にして、その当時は今のような学校選択制などなかった時代ですので、知り合いの区議会議員にお願いして進学成績の良いこの中学校に変えたのです。

今になって考えれば、全国模試の教訓は私以上に、私の教育に関して母に影響を及ぼしたのでしょう。私の住んでいる所の学区の中学校は、池上より一つ蒲田方面寄りの中学校という事になるのですが、その学校の評判が良くなかった理由は進学成績ばかりではなかったようです。その当時は、戦後蒲田にあった闇市の名残がまだ感じられていました。

そこで進学成績の良い石川台中学に通ったのですが、私はそこでもそれほど真剣には勉強はしませんでした。そして希望の高校の受験に失敗し、都立高校に入学しました。その高校での1年の春、体育の授業で教師からイジメを受けました。体育の剣道の時間に、剣道の防具を付けた私一人を真ん中に立たせて生徒10人以上で囲み、竹刀で次々に打ち込むよう、その教師は剣道を選択した全生徒に強制したのです。私にはそのような仕打ちを受ける理由はわかりませんでした。授業の後、その体育教師は、

「お前のような奴は俺の靴の中に入った小さな小石のようなものだ。お前がいるために俺は気になって気持ちよく歩けない」

と言いました。私のどういう行動が彼をそういう気持ちにさせたのか、その時は全く見当がつきませんでした。

その時すぐに私は、この高校を出たいと思いました。そして希望高校の2年編入試験を受ける事を決めました。それからすぐに私は懸命に勉強を始めました。まだ1学期の中間試験前だったので授業の勉強だけをとりあえず一生懸命にしたのです。その結果は運良くすぐに中間試験の成績として表れました。その時の担任の教師との面接で、私の様子を見て、「よく頑張ったようだが、何かあるのか?」と聞いてきました。そこで体育教師とのことを話すと、彼にも問題はあるという意味の事と、「君はどう考えているのか」と聞くので、「私には心当たりは全くなく、そのような教師のいるこの学校から出たい。希望の高校の2年編入試験を受けるつもりです」

そう言うと、君にはそれが良いかもしれないというような事で、私にとってはあっけなく面接は終わりました。そして2年編入試験に合格出来、希望の高校に再入学する事になったのです。

体育教師からそんな仕打ちを受けるからには、私にも何か落ち度があったに違いありません。担任の教師の対応から考えると、「彼にも問題はある」という発言から私にも問題があったという事になります。しかしその事を担任は指摘してきませんでした。そして私の選択した2年編入試験で希望の学校へ移る事にあっさり同意しました。

私はこの担任を何かしら尊敬出来る教師と感じていました。それに比して体育の教師は、何か教養のない感じがして好きになれなかったのです。私は体育教師のことをクラスメイトにも、口では何も言いませんでしたが、体育の教師は私の気持ちを感じて、「俺の言う事に従ってこない、俺の言う事を尊重しない、可愛くない奴」と思ったのでしょう。

そのあと原因をさんざん考えてやっとわかったのですが、具体的に一つだけ思い当たる事は、初めての体育の授業の時、この学校の体操着には2種類あり、一つは短パン、もう一つは今でいうスウェットパンツでした。その時、体育教師は「俺は短パンが好きだ」とはっきり言いました。私は校則でどちらでも良いなら自分の好みのトレーナーを選んで着て最初の授業に出ました。その時、クラスの皆は全員短パンを穿(は)いてきたのです。クラスメイトの一人から短パンにした方が良いという事を忠告されましたが、私は気にかけませんでした。その後1カ月も経たないうちに剣道の事件が起こったのです。

短パンを皆のように選ばなかったことに対して、体育教師を軽んじているという気持ちは私にはありませんでした。教師のスキキライに迎合する必要はないと思っていた事と、自分の好みに従っただけです。尊敬出来る教師の言ったことだったら気にかけたかもしれませんが、何かしら違和感を持った教師の言うことは、気にも留めていなかったのです。しかしこの体育教師には、私の対応は受け入れられないものだったのです。

このような発想のバックグラウンドに、学校という教育の場では相手の好みに合わせるような対応はするべきではなく、校則の範囲内でなら自分の思いを実行することが正しい事という思い込みが私にはあったような気がします。昭和30年代後半には、戦後急速に社会に広まった民主主義教育と、日本の伝統的な「右へ倣え」の教育が両方混在していました。

私が当時一番大事だと感じていたのは、民主主義の基本的人権の考え方の基には個人の尊重という大事な考え方があり、その中に幸福追求権が一人一人の生徒にはあり、そのことを大事にしないといわゆる体制、間違っているか否かではなくその場の権威に従うことを選んでしまい、そのことが民主主義に反する一番よくない事という思い込みがあったと感じています。その個人を尊重するという考え方が忘れられ、国家を絶対視する傾向が全体主義となり、日中戦争から太平洋戦争の道へ日本を導いてしまったと考えていました。この考え方は私の言動に生涯大きな影響を与えました。そしてそれなりの影響を私は社会から受けました。その内容をこれからお話しすることになります。

この事件は、当時の私には十分ショックな出来事でした。中学校の時には、他のクラスの腕力にすぐ物を言わせるタイプの生徒からイジメられた経験はありましたが、教師から直接はっきりとダメ出しをされた経験はありませんでした。しかしこの教師からのダメ出しを、私は不当な扱いだと感じたのです。私に落ち度はないのに教師からイジメを受けたと感じました。

そこで私が取った選択は、こんな教師の存在を許すこんな学校にはいられないという決定です。その当時、私を取り巻いている社会の価値観は、その組織により随分違う価値観を持っているように私は感じていました。このようなケースではクラスメイトを巻き込んで体育教師に対抗して、私の受けた体験を学校問題として公（おおやけ）にしていくという方法もあったと思います。その方が自分の考えを正当化させる上では妥当な選択だったかもしれません。しかしこのやり方は私の努力と、私が受けるであろう精神的負担の割に、自分の受けるメリットは直接には何もありません。実際には剣道の面をかぶっていたので叩かれている間皆の様子は教師の何回にもわたる「打ち込め」という掛け声以外には、私にはほとんど何もわからなかったのですが、体育教師に服従して皆が私を袋叩きにしてきたという事は、クラスメイトに協力を求めても途中までは賛同してくれても、最後まで私の味方をしてくれるか不安を持ちました。

その時点では担任がどの程度この事件の内容について知っているかを、私は知りませんでした。しかし担任が2年編入でこの学校を出たいと思っている私の意思を尊重してくれているという事は、その時は何となくですが、この学校を出る選択の方が、物事がうまく運ぶという感触を持ったのです。その後残りの期間は体育の授業には私は出席しなくてもよいと担任から告げられました。一度だけソフトボールをやるから私にも参加したらどうかと体育教師が言っているとのことで参加したことがあり、痛烈な打球を打った覚えがあります。その時の体育教師の対応は何か「君の考えはよくわかった」といった感じのするものでした。

2年編入試験の際に受験校に提出する内申書も、問題ない記述になっていたと記憶しています。残りの期間一生懸命勉強しました。不撓不屈（ふとうふくつ）という文字を机の前の壁に貼っていました。そして私のささやかな挑戦は結実しました。1学年が終了して都立高校を去ることになり、担任の教師にお礼を言うためご自宅を訪ねた際、私の体育教師に従わなかった考えをもう一度担任は聞いてきて、

「間違ってはいないが、それだと相手とうまくいかないことがこれからの君にたくさん出てくる」という趣旨の事を助言されました。

「しかし私は、それでうまくいかなくても相手が悪いのだから、自分の考えは変えません」と言うと、そうかと言って詩吟ではなく漢詩をそのまま朗々と漢読みで歌い上げてくださいました。その漢詩を覚えていないのが残念です。

私の編入した高校には校則がありませんでした。令和元年に確かめたところ、今もないようです。制服はありましたが校則がないので、学校には私服で通っていました。私はそれまで、訳のわからない校則を不合理に感じている学生は多いと思っていました。また校則が原因で不登校になってしまう生徒もいたようです。生徒管理の都合で作られた校則に、学生が不合理や不条理を感じるのはもっともな事です。校則が法律なら違憲立法審査権で憲法の根本の精神、個人の尊重に抵触するとして廃案になるような校則はいくらでもあるのではないでしょうか。思春期の多感な大事な時期、不合理な校則を押し付けられ、その事に我慢していく事が社会の中で生きていく上で大事だと思わせたら、それが教育と言えるでしょうか。皆と同じことが良い事とされ、校則で生徒の自由が束縛されても意義を唱える事は、全体の調和の観点から無視されていると感じていたのです。

しかし学校に学生服で通わなくなったのには、始めは少しまごつきました。入学当時は1年生の中には学生服の生徒もたくさんいましたが、私は2年編入生ですからクラスメイトは全員私服ですでに通ってきていました。何か着ている物を取られてしまった気持ちになったのを覚えています。通学中も学生服を着ていれば守られているという気持ちが湧きますが、私服で通学していると周りから守られているという感じがしないのです。あまり用意周到ではない私が、そのうち前日の夜には明日着て行くものを考えるようになっていった事を覚えています。通学途中の池袋界隈では、各種学校に所属する学生から私の学校の生徒は狙われているという噂も出回っていました。片道1時間半ほどかけていた通学途中気を抜かなかった事、学生服に戻るのは私のプライドが許さないという感覚を持っていた事も覚えています。

その他にもその高校では担当の教師が休講の際は、大学同様にその時間は自由時間となりその時間の使い方は学生に委ねられました。この件では50年以上経った今もよく覚えていることがあります。ある授業の担任が休まれた時、普段は何事もなくその1時間は過ぎるのですが、新任の教師がその時間に現れて、クラスの全生徒にある課題をその時間実施することを提案されました。その時、その高校が付属する大学の医学部へ進学志望の生徒が、

「大事な1時間だから、学校の規定に沿って、自由時間としていただきたい」

という趣旨の発言をしたことを少しの驚きの感情と共によく覚えています。付属の大学の医学部への進学は、クラスで5番以内の成績が必要なほど難関で、毎年内部の推薦に漏れた何人かは外部受験していましたから、彼にとっては本当に大事な1時間だったのでしょう。

私は立派な発言だな、私にはあの発言をする勇気はないと感じたことをはっきりと覚えているのです。

その新任教師はその後皆の意見も聞き、「出過ぎたことを提案したようです、君たちを尊重する」旨の発言をされ、教室を出ていかれました。私は休講となった1時間、「何かしまったことをした」という感覚に捉（とら）われていました。「自分に何か自覚が足りなかった」「それだけの覚悟が出来ていなかった」というような感覚だったと思います。この何かしまったことをしたという感覚は、今考えるとその時期にもっとたくさんの本を読んで自分の考えを作り上げなくてはならない事だったと思うのですが、その当時私がその事に気付くことは残念ながらありませんでした。

実は私は、中学校の時にも同じような経験を持っています。中学校の時にも似たタイプの体育教師がいたので、その時もその教師と気心が合わず、私としては何かうまくいっていないという感じを、しかしはっきりと感じていました。

後から考えてみてこういう事だったのだと思うのですが、高校の体育の事件と違うのは、その時は担任が私を庇（かば）ってくれて未然に対応をして、大きな問題に発展しなかったという事だったと思います。実際に先生方の間でどのような話し合いがもたれたのかはわかりませんが、体育教師の言っていることに、担任が反対意見を唱え、職員会議のような場でその学校の先生方の多数の同意を取り付けたのだと思います。

という事で私はその事件から何も大きな影響を受けず、私の皆と違う考え方の特徴を把握出来ないままだったのです。その意味では私を庇ってくれた担任は教師として正しい行動を取ったのですが、私の教育には大きな影響を与えませんでした。理由の大半は私の鈍感さにあると思うのですが、今から考えると、この時もう少し深い体験が出来たら、高校の時のような事件は起こらなかったのではないかもしれないという事です。

その頃の記憶にこんなものがあります。職員室で担任の机のそばで体育の授業についての説明を受けている時、隣の席の理科の先生が、だらしない仕草を私に見られたと思い、「エゴイスト君に軽蔑されるな」と言ったのです。すると担任は、「彼はそんなことで軽蔑しないわよ、先生の授業に一目おいているから」と言ったのです。肝心の体育の授業に関する担任の説明は全く覚えていませんが、なぜかこのことは鮮明に記憶に残りました。これは、その時点での私にはよく理解出来ない気持ちの問題に触れた事だったと思います。今思うと、その発言をした体育の先生の気持ちになってみたら、私の態度は面白くないという事の説明だったと思うのですが、その後も生涯にわたり、私のそういうところは治りませんでした。

この私のそういうところとは、どういうところでしょうか。空気を読まないとか、人の気持ちを察することが出来ない。という事で片付けてしまうような事ではないような気が私はします。私が人の気持ちを察しない時は、察する必要がないと思っているからだと思うのです。体育の教師の前で生徒たちが好きでもない短パンを穿くのは、体育教師に好かれたいとか、あるいは問題を起こしたくないといった気持ちからだと思うのです。

私は子供の頃から他人によく思われたいとか、問題行動を起こしたくないという気持ちが少ないように思います。自分の心に正直に生きているのか、自分の思い通りに生きているのか、といったことが私の関心事だった気がします。そのようにすることが、自分を大事にすることと感じていたのです。相手に気に入られていないといったことでは、潜在意識の中では何も起こらず、自分の心にストレスが生まれないため、相手の気持ちを察することに鈍感なまま生きてきました。

ただ鈍感なだけではありません。もっと積極的に、体育教師の「全員短パンで授業をしたい」という欲求に、何かいけないものを感じていたのです。先生が生徒を自分の思い通りにさせたいというような不当な感情を感じていました。そういう事には従うべきではないという気持ちが、私の中には起きてしまうのです。そこには「たとえ先生と生徒の間にでも、決められた規則の範囲内なら各自の自由意思で行動することが正しいことだ」という感覚が子供の頃からあり、いまだに少しも変わっていないのは、「そのようにすることが正しいことだ」とずっと思い続けているからです。

ほとんどの生徒が体育教師に従っているような時には、私のとった言動は、「人の気持ちを察しない」、または「その場の雰囲気に従わない」「空気を読まない」、あるいは「協調性のない行動」という事にも繋がってきます。このような考え方が中学校の時すでに、私にしっかり植え付けられていたのはどこに原因があるのでしょうか。その原因は次章に譲ることとして、ここでは中学時代の思い出を記します。

自分のしっかりした考え方を持ちたいと思っている私の姿を見て、「エゴイスト君は珍しく信念を持っているね」とか、素直とか真っすぐだとして大人の中には私を好く人もいました。そのような先生は私に直接、「エゴイスト君の良いところは大事にしなさい」と言ってくださる事があり、そのような事が私に自分の考えを大事にしようという気持ちを維持させ続けました。そしてすぐ「傷ついた」というような言葉を使う女生徒に対し、「なんでそんなに簡単に、他人の言葉に傷つくのかわからない」という自分を作り上げていきました。

中学生の時はよく喧嘩をする羽目になりました。「人の気持ちを察しない」「その場の雰囲気に従わない」「空気を読まない」という私の態度は、一般に人から好かれないわけですが、仲間とつるむ事をしない私は、やはりガキ大将からも面白くない奴と思われてしまったようです。中学校時代、数回にわたり違うガキ大将たちから不意打ちで襲われたり、一対一で挑(いど)

まれたりもしました。

　でも一番腹が立ったことは、それらのガキ大将たちからの仕打ちではありません。教師から受けた説教です。ドッジボールのクラス対抗で、目の前に相手の大将がたまたま転んだのをいい事に、思い切りボールを投げつけました。余程悔しかったのでしょう。その試合の後、彼が私に挑みかかってきたのです。相手は私よりさらに大きな体をしていたので、やられたらこちらのダメージが大きいと思い、仕方なく思い切り蹴りを入れました。運悪くそれが相手の睾丸（こうがん）に当たり、相手は全治1週間のケガを負ってしまったのです。クラスの皆が見ている前での出来事ですので、私のクラスメイトは庇ってくれたのですが、相手のクラスの担任教師が私に食って掛かるように文句を言ってきたのです。ドッジボールをしている間の出来事は、その試合の中でのことで怨（うら）みを持つような事ではないと思っていましたし、私は何もしていないのに、相手が一方的に殴りかかってきた事を皆が証言してくれていたので、私は堂々として、「何を言っているんだ。自分のクラスの生徒が悪いのに結果だけで感情的になるなんて。最低の教師だ」と思いました。

　彼が1週間治療で病院に通っている間、私の父は自分の車で彼の送迎をしたらしいのですが、父からはそのことについて何も言われませんでした。母から父に迷惑をかけているという事を知らされただけでした。父は送迎の間に、彼から事の経緯（いきさつ）を探り出していて、私には何も言わなかったのだと思います。

私の担任から言われたのか、１週間後に相手のクラスの担任教師は私に謝ってきました。しかし、最初は、「君が悪かったのではない。うちのクラスの子が仕掛けたことがいけない」と謝っていたのに、そのうちそれにしてもひどい事を私がしたと言うのです。それゆえ余計に、相手の教師に腹が立って仕方ありませんでした。

訳のわからない教師だと思いました。私は一度も喧嘩を仕掛けた事などありませんでした。いつも相手が私に喧嘩を仕掛けてくるのです。やり返さなかったらイジメられてしまうだけです。相手が手を引けばそれで終わるのです。何か文句があるのだったら面と向かって言ってくればよいではないかと思っていました。中学生当時は喧嘩相手ばかりではなく、私にかかわってくる相手に興味は湧きませんでした。人のそれぞれに違う人生にもあまり興味は湧きませんでした。たまに女生徒から好意を示されても、どう対応したらよいのかわからないような私だったのです。


その後社会人になってから、遠藤周作や河合隼雄の書物から人生の多様さ、世界には数限りない人それぞれの物語が存在し、そのことを理解していく事が私の人生を豊かなものに導くことを知りました。そして魂だけで生きようとすると、人は誰も挫折する。人は違った魂、人間性を育ててきている。生活はそれぞれの違った魂、人間性の人々と折り合いを付けたり、共感したりしていく事で成り立つ。相手の魂に寄り添う事で、日常生活は豊かになると感じました。

だったら生きていくには、人生と生活を使い分けていく事が必要なのではないかと思うようになっていったのです。自分の魂に忠実に生きる事が人生であり、このことは今までやってきたように実施し、生活するという事は社会の中で他人と折り合いを付けたり、自己主張し過ぎない配慮をし、相手との共感を持つことは自分の生き方を楽しいものに、また違った充実感を得られ、私の社会生活を豊かにするのではないかと考えるようになりました。今では古い友達を大事にして、時々旧交を温めたりしています。その中には女性も半分くらいいるようになりました。

2 『君たちはどう生きるか』からの大きな影響

私は幸運にも両親の愛情に恵まれ育ちました。父親は町工場の経営者で、私たち2人の兄弟の教育に熱心でした。父親は自分に足りないと感じていた倫理的な部分を家庭教師で補い、戦前に戦争反対論者であった家庭教師を私に付けました。母親は父に比べるとずっと良家の育ちで、結婚後もまだお嬢様といった感じで、週に1度お花の先生が来て床の間と玄関の花を活けて、お茶や詩吟も習っていました。父と同学年でしたが、あらゆることで父に頭が上がらなかったように思います。たぶん私たち子供の教育に関しても自分の考えはなく、母が私たちの教育面に口出しすることはなかったと思います。

「2人の男の子の教育は、女のお前には無理だから俺がする」

そう父が言っている事を、母から聞いていました。父の厳しい教育に対し、私が無茶を言って庭の雪の中に放り投げられた時、庇ってくれた6歳の頃の記憶以外は、私たち兄弟に何時もおいしいものを食べさせてくれた思い出があるだけです。

その戦争反対論者だった家庭教師に、小学校6年の時に『君たちはどう生きるか』という吉野源三郎氏（児童文学者）の書いた本を渡され、私は大きな影響を受けることになりました。この本によって私の一生が決まったのだと感じています。

この本は戦前、戦争反対論者であった吉野氏によって、少年少女向けに書かれました。昭和12年に書かれたので、当時は出版に対する軍の検閲が厳しく、表向き戦争反対論など書くことは出来ません。すぐ発刊停止にされ、著者は非国民として逮捕されます。ですからその内容は、当時の軍部の検閲官にはわからないように、子供たちに、自分の頭で当時の日本の軍国主義や帝国主義政策の是非を考えるように書かれています。

幼い私には、当時の軍国主義や帝国主義政策を考えるまでは至りませんでしたが、日頃から自分が生きていく上で大切な事は、自分で考えて正しいと心に思うことに従う事だと書いてあるのはよくわかりました。

その時はよく理解出来なかった本の内容、ギリシャ文明とインド仏教がアレキサンダー大王の遠征の時から融合を進めて、出来上がったガンダーラの仏像は壮大な人々の営みを通して、シルクロードから中国、日本へと伝来した。そして東大寺の大仏となった。世界の人々の文化の融合が作り上げたものだと書いてあります。そして小さいが逞しい水仙の成長の話も、なぜ書かれているのかわかりませんでした。

この本は一般教養を土台にした身近な体験を基に、自分の心に正しいと感じた事を大切にして、権威者や体制の思惑など気にしないで、自分で正しいと考える論理で自分の行動を決めていく勇気を持つ事が大事だと書いてあります。しかしその本の中に、ギリシャ文明とインド仏教が融合されてガンダーラで初めて作り出された仏像と、水仙の逞しい生命力の話が唐突に出てくるのです。当時の私には、これらの話がこの本になぜ含まれているのかわかりませんでした。

そのため後年、大人になってからも何回も読み返しました。そしてわかったことは、著作当時の日中戦争から太平洋戦争へと突き進んでしまった日本の帝国主義への批判が込められている。水仙は伸びずにはいられない若者。若者はお仕着せの学校教育だけではなく自分で考えて伸びていく生き方を大事にする事。

著作当時吉野氏は、特別高等警察から社会運動や思想犯罪の可能性を疑われており、当時の軍が推進している政治思想を批判する書物として扱われる危険を避ける必要があったようです。仏像という素晴らしい文化を生み出した、古代ローマ時代の帝国主義を考える事で、日本の帝国主義を見つめ直す機会を、その当時の学生に与える狙いがあったものと思われます。

ローマ帝国もマケドニアも、古代栄えた帝国は多くが支配している地域の既存の文化を認め、自治を認め、税金さえ納めれば市民権を与えるような法による支配であると同時に、いわゆる間接統治であり、統治されている民族の文化はそのまま維持出来ることになります。しかし、19世紀封建主義を打倒した市民革命は、同時に自分たち仲間だけの国民国家を作り出す結果となりました。これらの近代国家が執った帝国主義政策は、他民族など異文化を持つ人たちを自分たちと同じ文化に融合させるか、排他するかの選択をすることとなり、支配された民族の文化は否定されました。ドイツも日本も同様で、イギリスやフランス、スペインなど欧州諸国が執った植民地主義にしても同じことでした。

例えば当時の日本の例では、「日韓併合」の歴史に思い至ります。明治43（１９１０）年から昭和20（１９４５）年まで、日露戦争に勝利した後日本が韓国を併合した歴史は、日本人全員がよく理解する必要のある歴史だと思います。当時の西欧諸国の東アジア政策やロシアの南下政策のため、致し方ない事情も察せられますが、やはり歴史を見ると反省すべき点はあり、その認識が大きく違う事もあって、いまだに韓国との間に諍いが絶えない一因となっている、と言うのが私の認識です。

当時韓国の学校では、日本語で教育が行われました。韓国を日本化する考えですから、インフラは整備され、産業全般にも良い影響は出てきています。しかし韓国独自の文化は否定される結果となったのです。日本の韓国併合をした際の日本の帝国主義の考えと対照をなすべき事例としては、古代の帝国主義があります。

ローマ帝国の支配は間接統治に近いものでした。イエスがゴルゴダの丘で磔になるまでの過程が、その当時のローマ帝国がエルサレム一帯のユダヤ社会を統治していた実態を理解する好材料だと思います。イエスはユダヤ教祭司長から死刑を言い渡され、ローマ総督ピラトの所へ連行されました。当時の法では、死刑は総督でなければ決定出来なかったからでした。ピラトはイエスを尋問しましたが、ローマの法に照らしては死刑にするだけの罪は認められなかったので、ユダヤ社会の中で裁かれるべきと考えてユダヤ人領主ヘロデの元へ送ります。しかし、ヘロデもイエスの罪を認めずまたピラトの元へ。最終的にイエスは、ユダヤ教祭司長に扇動された民衆が強く死刑を求めたため、ついにピラトは、イエスに死刑判決を下したのです。

この間接統治で一番身近なものが、連合国が行った戦後の日本に対する統治でしょう。統治するにあたってアメリカは日本の文化を研究し、その上で理想的ではなかったかもしれないが、日本文化に相応しい統治を行い、これがその後の日本の戦後復興に結び付きました。日本が戦時中アジア諸国に執った政策は同化政策であり、アメリカが戦後執った政策は、人類の複数性を受け入れた上で考えだされたものです。

実際は日本が「ポツダム宣言」を受諾するという降伏ですから、ポツダム宣言の内容が問題になります。現在の一般的な解釈は、日本軍の無条件降伏の受け入れと、天皇制の存続を条件にした政府の条件付き降伏という理解のようです。宣言自体は米国で主に作られたのですが、内容に「天皇及び日本政府の国家統治権は連合国軍最高司令官の制限の下におかれる」という条項があります。それでも戦後日本を占領したマッカーサー司令部は、日本の主権を認めるとしたポツダム宣言を反故にし、行政・司法・立法の三権を奪い軍政を敷く方針を示しました。公用語も英語にするという直接統治、同化政策です。ポツダム宣言に署名した当時の外務大臣重光葵は、マッカーサー元帥を相手に「占領軍による軍政は日本の主権を認めたポツダム宣言を逸脱する」と抗議した結果、マッカーサー司令部の執った占領政策は日本政府を通した間接統治となりました。

多民族国家に住むアメリカ人でさえ、そのような過ちを侵しやすいという事がわかります。ナチス政権の犯した過ちは、ユダヤ人を排除するというところまで行きつきました。

日本でも過去にアイヌや琉球に対して同化政策を取ってきました。他の民族の文化を受け入れる、人類の複数性を受け入れるという行為は、意識した行為です。民主主義は多数決で決められるわけですが、その過程で少数意見を注意深く聞くことによって多数者が新たな真実に目覚めることに意義があるのです。

民主主義社会で意識すべきもう一つ重要な事は、最近は裁判員制度でも話題になっているようですが、無罪の推定という概念です。無罪の推定とは、「犯罪を行ったと疑われて捜査の対象となった人について、刑事裁判で有罪が確定するまでは罪を犯していない人として扱わなければならない」とする原則です。

全ての被告人は無罪と推定されることから、刑事裁判では、検察官が被告人の犯罪を証明しなければ、有罪とすることが出来ません。被告人の方で、自らの無実を証明出来なくてもよいのです。これを「疑わしきは被告人の利益に」と言います。

例えば10人の被告の中に1人の無実な人がいて誰だかわからない時は、社会は9人の凶悪犯を1人の個人の尊重のために受け入れるという事になります。人の不幸（無実の人にとっては冤罪）の上に成り立つ幸福は享受しないという理念です。

ここまで民主主義の本質を探ってくると、本当の民主主義を貫く事がかなり難しいとわかります。全体主義の考え方が一番容易に悪の道を歩みやすい例に、ドイツ出身の哲学者ハンナ・アーレントが書いた『エルサレムのアイヒマン』という話があります。アイヒマンという人はナチス政権の幹部で、多くのユダヤ人の強制収容所送りを手配しました。戦後は戦犯となりましたが逃亡していました。しかし捕えられてエルサレムへ連行され戦後のイスラエルで裁判にかけられました。この話の中でアーレントは「悪は陳腐（ちんぷ）である」と言っています。この裁判で、多くのユダヤ人をガス室に導いたアイヒマンが極悪人ではない事がわかります。ヒトラーの命令を正しいものとして何も考えずに服従しただけだったからです。そればかりかアイヒマンは、全生涯を通じてイマニュエル・カントの義務の定義にのっとって生きてきたつもりだったとも言っています。本当のカントの道徳哲学は自分の従うべき道徳法則を自分の理性で見つけそれに従って行動する事が真の義務であり、自由でもあると言っているのに、自分で何が正しい事か考えずにただ上司の指示に従う事が義務だと思っただけだったのです。

そしてアイヒマンに悪魔のレッテルを張り、自分たちの立場や存在を正当化しようとしたりして、自分たちの善良性を証明しようとする裁判をしているエルサレムのユダヤ人の心理は、ナチスがユダヤに「世界征服をたくらむ悪魔」のレッテルを張ってこの世から除外しようとしたのと同じでもあると言っています。アーレントはアイヒマンが死刑に値するのは、人類の「複数性」（人間の関係や絆はお互いにある距離を置く事で多様性を生み出しお互いを理解する事が出来る）を否定したからのみだとも言っています。

人間は自分と違う意見を持つ人を受け入れる事で、人間らしさや複眼的視座を持ち、人類の多様性を受け入れるようになれるという事なのです。誰もがアイヒマンになりうるのです。

全体主義は絶対的な悪を設定する事で、人間から考える営みを奪い複数性をも破壊します。ナチスがユダヤ人を抹殺したように、エルサレムでユダヤ社会がアイヒマンを糾弾したように、絶対悪を想定して複数性を破壊するような事象は身の回りに溢れています。如何なる状況でも、アーレントの言う「複数性」を受け入れる心構えが必要です。それが出来なければ、社会からイジメもなくならないという事です。

蛇足になるやもしれませんが、あなたが上の人の言葉に従って行った悪い事だったら裁判で罪にならないというわけではありません。裁判ではあなたがした行為はたとえあなたが考えてした事でなくても、あなたが実際に手を下せばその責任は追及されます。そのようにして実際の社会では悪い行為を未然に防止しているのです。

自分の行為を自分で考える事の出来ない人は、責任を取る事が出来ない人、責任能力のない人という事になります。心神喪失状態にある人や一般的には14歳未満の人も含まれます。中学校を卒業したら、あなたのした行為の責任はあなた自身がとらなくてはいけないという事です。あなたは中学校を卒業するまでには、善悪の判断がしっかりつくまでに育っている必要があるのです。

アーレントが言っている「悪はありふれて平凡である。アイヒマンは極悪人ではない」という意味は、「誰もが陥る可能性のある過ちを犯しただけだ。自分のすることの意味を自分で考える事をしないと犯してしまう過ちをしたのであって、全体主義的な考え方の社会ではどこでも起こりうる」と言っているのだと思います。

全体主義的な社会とは、例えば軍隊のようなところです。軍隊では指揮統率が仲間の安全のためには必要で、上官の命令には服従しないと危険が迫っているような時は仲間の命が守れません。その時あなたに考えている暇はないのです。そのように全体主義的な性格を持つ軍隊は、外国の脅威に対して国の主権を維持するためには必要な組織ですが、民主主義社会を維持するためには何時の時代にも文民統制、シビリアンコントロール、国民が選んだ国の元首が軍の指揮を執る体制が確実になっていなければなりません。

だからといって、平時の自衛隊員が全体主義的な人間だと言っているのではありません。皆さんと同じように民主主義を標榜している方たちがほとんどであるはずです。むしろ自衛隊員こそ、民主主義や憲法の基本概念である個人の尊重の重要性がわかっている人でないとならないのです。

この本を執筆中にも、ミャンマーで起こった軍事クーデターのような事が起こる可能性があるのです。民間のどんな組織と比べても圧倒的な武力を持った自衛隊は、結束すれば何時でも政権を奪える状態にあります。日本でも戦前に時の宰相が殺される事件が軍により引き起こされました。そのようなことが絶対起こらないようにするためには、自衛隊員の一人一人の考え方がしっかりしている必要があり、アイヒマンのように考えず服従するのではなく、上官から命令されても悪には服従出来ないと言える人たちでなければいけないのです。

これらの事が小学校6年当時の私がどこまで理解出来ていたかは、今は思い出せません。しかし、『君たちはどう生きるか』を紹介してくれた家庭教師のことは好きでした。私が中学生になって、この教師が体を衰弱させて我が家を訪れることが出来なくなった後も、石川台中学に置いてあった自転車で片道7キロほどを西小山にあるお宅まで月に何回か通ったことを覚えています。この時に戦後の日本国憲法の基本精神、「個人の尊重」の概念を教えられたのだと思います。

日本国憲法第十三条＝すべて国民は、個人として尊重される。生命、自由及び幸福追求に対する国民の権利については、公共の福祉に反しない限り、立法その他の国政の上で、最大の尊重を必要とする。

そしてこれらの基本的人権は第十一条で侵すことのできない永久の権利として、日本国憲法では現在および将来の国民に与えられるとされています。また条文の中の公共の福祉とは国家もしくは多数者の利益と言う意味ではなく、すべての人に公平に与えられる権利、もしくは他人に迷惑を掛けない限りと理解してよいと思います。

3　両親からの影響

そして書いておかなくてはいけないことは、小学校6年の時に『君たちはどう生きるか』の影響から自分の一生の職業を決めた事です。それにはやはり両親から受けた影響にも触れる必要があります。

それまでの私は、意識することなく社会人になったら父の会社を継ごうと思っていたのだと思います。会社というほどのものではない小さな町工場を父は経営していました。

父は大正14年6月、母は大正15年2月の早生まれで、学年は同じ。生まれも育ちも、二人とも広島県の福山市内です。父は17歳の時に父親を亡くし、学生時代に東京に出て伯父の家から学校に通い、現在の横浜市立大学、当時の横浜市立経済専門学校を卒業しています。

父は慶應義塾大学を希望していましたが受験に失敗。浪人したかったそうですが、伯父の家に世話になっている事や、浪人の間にいつ召集令状が来るかわからなかったので、合格した学校に進んだようです。そして20歳になった昭和20年6月に学徒動員され、8月に千葉県市川市国府台にあった陸軍砲兵隊で終戦を迎えます。

昭和20年8月の終戦によって、我が国は連合国軍の占領下におかれることとなりました。これより、昭和27年の「サンフランシスコ平和条約」の成立によって独立するに至るまでは、国政が全て占領行政の下(もと)にあって行われていました。日本国が外国人によって国政を奪われるのは、有史以降初めての事でした。

終戦直後の昭和20年9月に、文部省は「新日本建設ノ教育方針」を示して、民主的・文化的国家建設のために必要と考えた教育の基本方針を明らかにし、これを教育改革の出発点としました。この影響で父は昭和20年9月21日に横浜市立経済専門学校の卒業証書を貰っています。戦後の学制改革が実施されるのは昭和22年からでした。

母は広島高等女学校卒業後、広島女子専門学校の別科を昭和19年3月に卒業しています。その後は女子勤労挺身隊で三菱電機福山工場にて終戦まで勤めました。母の家は、戦前織機工場を経営していましたが、戦争中に全て軍に供出させられ、小作人を何軒も抱えていた稲作地も戦後の農地改革でタダ同然で買い上げられています。母の父親は昭和28年に58歳で亡くなっています。

母が父と東京で結婚した時、昭和22年1月にはすでに、仕事の手助けをしていた年上の女性が父にはいたそうですから、この戦後の一年半の間に、父は自分で仕事を始めています。

父の仕事は、最初はブローカーで、旧日本軍や米軍の払い下げ物資の購入や割り当てをめぐり、当時親子ほど年齢差のある同業者らと談合を行い、商売に励んでいたようです。その際に父が利用したのは、経理や簿記と税務に関する知識だったようです。会社を設立した後、優良申告法人を長年続けられるのは、父の税務関係の知識があるからだと伯父から聞かされたことがあります。

昭和28年、目黒区千束の小さな家から大田区池上の東急が開発した分譲住宅に引っ越しました。お隣は当時日本を代表する製鉄会社の常務取締役の大きな社宅でした。その頃は電話がすぐに引けず、引けるまで待つ間はお隣から呼び出してもらう事になりました。ちょくちょく重要な電話が掛かってくるらしく、父はお隣との間に木戸を作り、そこまでの間も飛び石を敷いて、電話の取り次ぎを頼む事になるお隣の奥さんに随分気を使っていました。そこで掛かってきた電話口の話をお隣の娘さんが聞き、父は引っ越した早々隣近所で有名になったようでした。鉄道貨車何両分もの物資を手配する内容が、電話口の父の話から漏れ伝わって、すごい商売をしているという事になったらしいのです。

その後、昭和29年頃には物資の払い下げも峠を越し、理科系の大学を出て戦前に横浜ゴムに勤めていた10歳年上の長兄の技術力を得て、昭和30年4月に精密ゴム製造会社を設立しました。この会社はその後蒲田税務署管内で30年間優良申告法人を続けた後、私の弟に代替わりしています。

ここまで両親の生い立ちに触れた理由は、両親2人の人生に対する考え方が彼らの育ってきた環境によりはっきり違っている事を私は子供の頃に感じたからです。子供の私にはどちらの考え方が正しいのか判然とはせず、また納得出来ない両親の考え方が多かったので、自分の考え方は自分で見つけるように自然となっていったように思います。しかし両親の考えを批判する気にはなれませんでした。2人とも懸命に生きているという感じが私たち兄弟には伝わってきていました。そんな多感な時期に『君たちはどう生きるか』を初めて手にして、大きな影響を受けたのだと思います。

母親の口癖は、物は考え方次第で良くも悪くも解釈出来るというような事でした。また同じ事だと思うのですが、気持ちの持ちようで相手の言っている事は良くも悪くも違って解釈出来る。そして全ての人や物事は、長所は短所で、短所は見方を変えれば長所にもなるといった考え方をよく教えられました。確かにそういう事もあるとは思いましたが、何か捉えどころのない物の考え方で、それでは結局大事な局面での判断基準にはならない、決め手を欠いた考え方だと感じていました。

母にははっきりした考え方がないのではないか、戦争中とはいえ恵まれた環境で育ったために、自分の人生を決めていくための裏付けとなるようなしっかりした思想のようなものは育んできていないのではないか、と高校の頃には思っていました。

父は修学中に父親を亡くし、そこからは自分の人生を戦争中に何とか将来に繋げるべく自分で考えて道を歩んできたのだと感じられましたが、母親は生涯にわたり世の中の大勢に属していて安泰であったという事だと思います。そのような母親は私に、なるほどと言ったような考え方は一度も伝えてきたことはなかったと思います。私が世間一般と違う考え方を話すと、「エゴイストの言う事はよくわからない」と言っていました。私が65歳で定年退職した後、一番気に掛かっていたのは母の介護でした。母はその2年ほど前から偽痛風ではないかと診断されていた微熱が続き苦しんでいたのですが、私は仕事をしている間は母のことを真剣に考えたことがありませんでした。そこで退職してすぐに、母の微熱の原因を突き止めようと関係医師に働きかけました。たまたま膠原病（こうげんびょう）専門医と接触する事が出来、母の微熱の原因がリウマチ性多発筋痛症である事がわかり、特効薬であるステロイド剤を投与することになって治癒する事が出来、その後も92歳で亡くなるまでの数年、母の介護を一番に考える日々を送ることが出来ました。母は死ぬまで認知症の傾向はほとんどなくしっかりしていましたが、世間から見て普通ではない私の考え方を理解しようとは、生涯にわたり一度もしなかったと思います。

それに引き換え父親は、私の意見に関して、「その考え方を区役所や警察に行って相談してみろ」とか、「学校の先生と話してみろ」とか、私の考え方に一理はあるが世間には通用しないぞと言っているようでした。


社会人になってからですが、河合隼雄の本で日本人の思想の原点には口承として伝えられた神話の時代から続く考え方で、『古事記』における中空構造があることを知りました。

代表的な話としては　主役の天照大神、対役の素戔嗚尊、中間に存在する月読尊。アマテラスもスサノオもどちらも正と邪、男と女、右と左、太陽と月、英雄と悪役というようにはっきりとした存在ではなく、物語の推移によって2人のありようはどちらともつかない。そしてツクヨミという存在を間におくことで、2人のバランスがとられているというような事です。

日本神話の論理は統合ではなく、均衡の論理であると河合氏は述べています。

「中心が空であることは善悪、正邪の判断を相対化する。西洋のように統合を行うためには、統合に必要な原理や力を必要とし、絶対化された中心は相容れぬものを周辺部へ押しやる。

空を中心とすれば、統合するものを決定すべき戦いを避けられる。対立するものの共存を許すモデルである。

しかし空を中心とすると、極めて不安定である。はっきりした哲学否定であり、思想における受動性、消極性となる。体系的な理論の形で、積極的に主張を押し立てていく事をしない態度になる。

現在の世界情勢は、統合より均衡を目指す方向にあるので、日本神話の示唆するものは価値あるが、中央への理不尽な侵入を許しやすいので、均衡を支えている周りの対立的均衡を支えている要素の在り方が大事である」

河合氏がそう述べられている事を知りました。

この均衡の論理は、まさに母親の考え方そのものだと思いました。母には常識は存在するが、思想というような考え方は存在しないのではないかと思いました。生涯にわたり母は、自分の考え方が世の中の大勢であり続けるように、自分の考え方を自分が有利になるように選んできたのだと思うのです。

そして両親の生い立ちに触れたもう一つの理由は、私の父親は戦前から自分の身の振り方を自分で考えて実行してきたことが感じられるからです。父の私に対する言動には、世間体や社会的評価を基に私の行動を判断しているさまは全くありませんでした。

また『君たちはどう生きるか』を私に渡してくれた戦前に戦争反対論者だった父の紹介の

先生から、マルクスの『資本論』の一説にある考え方から、「資本家である君のお父さんは、どうしても資本を蓄積する考えからは抜けられない」という考え方を聞きました。この言葉は日頃母が口にしていた、「お父さんはお金が全て」という考えとも呼応して私の心に大きな影響を与え、その後の私の進路にも影響を与えることになります。

私は小さい頃体が大きく、クラスの悪ガキ連中からは、態度が大きく気に食わない奴と思われて狙われたことがありました。私も悪気ないイタズラはしたこともありましたが、根が真面目だった私は、全学年の朝礼の時に後ろから殴りかかられたりしました。私は朝礼の間は相手にしませんでしたが、放課後一人一人の家に行って、散々殴られた仕返しをしたことがありました。

そんな経験が、『君たちはどう生きるか』の主人公の気持ちに共感を強く覚え、本の内容全体から大きな影響を受けることになったように思います。共感は具体的には「生きていくには勇気が必要だ」ということです。ある覚悟を常に持っていなければいけないという感覚と言ってもよいと思います。

朝礼で殴られた仕返しに相手の家に行くのも、やはり勇気のいる決断を伴います。意を決する思いで相手の家に行くと、本人が出てきて悪かったと謝りました。しかしなんであんなことをしたのかと問い詰めると、クラスの違う仲間にそそのかされたと言うのです。「エゴイストは朝礼の間だったら絶対手出しをしないから、後ろから殴ってみろ」と言われたというのです。

その仲間の家は、彼の家のすぐ目の前でした。そこでその仲間の家の呼び鈴を押すと、広い家の中をバタバタと走り回る音がします。しかしいつまで経っても何の返事もなく、しばらくしてから彼の兄と思われる人が出てきて、「トオルは具合が悪くて寝ている」と言うので、仕方なく帰ってきましたが、その後は一度も同じようなイタズラには遭いませんでした。

翌日、彼は登校してきませんでした。担任教師が訝しく思ったのか、私に彼と何かあったのではないかと聞き糺してきました。私は弁解するのも腹立たしかったので黙っていると、クラスの女子が、彼がはじめ朝礼の時私に殴りかかるように仕向けていたことを説明してくれて事は解決を見ました。その後担任教師から彼との交際を勧められて友達として付き合うようになり、家にお邪魔すると彼の母親は私との経緯を全て知っているようでした。

私は気が付かなかったのですが、当時彼が、子供が鉛筆削りに使っていた小刀をポケットに持っていたことを母親は重大視して、「小学校に報告しなければいけないと思う」という話になっていきました。そして母親は私にどう思うかと質問してきたのです。母親は私から小学校に報告しなくてよいという答えを引き出したかったのだと思います。私はそんなことは知らなかったので、母親に対してそんなことしなくてもよいと言いました。そのあと母親は私においしいものをたくさん出して振る舞ってくれました。

そんな中で彼はずっと黙っていました。そういえば彼がポケットに手を入れて「何か持っているぞ」という仕草をしていたことを思い出しました。でも今更それに気が付いても何か彼が小さく見えてきただけで、子供心にも彼に「もっとしっかりしろよ」と言う感情が湧いてきました。実際に小刀を使って相手にケガを負わせれば、学校に知られ自分も非難されるから、見せて脅すことは出来ても相手が怯(ひる)まなかったら逆に小刀を持っている事で喧嘩がやりにくくなり、負けてしまいます。私は小刀を持っている事は何の得にもならないと思いました。

実は今そのような事を思い出として書いているのですが、私の考えを引き出してくれたのは彼の母親でした。

「エゴイスト君は、小刀を持ち歩いたりしないの?」

と母親が聞いてきて、その質問へ答えた思い出があります。

その後は彼とはやはりあまり付き合わなくなっていきました。彼は中学受験で合格して私立に入りました。私のクラスで中学受験に成功したのは彼だけだったと思います。

しかしその後彼はその私立を高校で退学させられ、もう少し偏差値の低い私立に編入してその付属の大学を出ました。その後彼は、就職しても長続きせず、何回か勤め先を変えているようでした。私の知っている30歳過ぎぐらいまでは、結婚もしていませんでした。

私は一度しか彼の母親とは話をしていませんが、自分の母親と比べて随分頭が良いなという印象を持ちました。私の母親は、私が言う事を聞かないので、勝手にやらせておくしかないという感じなのですが、彼は母親の言う事をよく聞くようでした。私が他の友達と遊ぶ時は外に行って遊ぶことが多かったのですが、彼とは必ず母親の目の届く範囲内で遊んでいたような記憶があります。外に行こうとしても母親が口を出してきて、家の中でゲームのような事をすることになってしまうのです。そんな母親の態度に、彼の家に行くのが嫌になった事を記憶しています。

しかしその後何十年も経ってから同窓会で、小学校の同級生から「あいつはダメだよ。自分に自信を持てないから、何をやっても長続きしないのじゃないか」と誰かが言うのを聞いたことがあります。「母親に問題があったんじゃないか」と言うのです。その同級生は、こうも言っていました。

「何から何まで口出ししてくるんだよな。あれじゃあ、あいつも可哀そうだよな」

4　私の一生を作り上げた私の職業の選択

私が『君たちはどう生きるか』を初めて手にしたのは、昭和34年の小学6年生の時です。前章で記したような私の経験から、後悔しないように生きていくには勇気を持つことが必要なのだと感じていました。その事は私に覚悟のようなものを持つ必要を感じさせていましたが、その事からこの本に初めは共感することになったのです。

そのようなこの本に対する共感から、さらに本の内容である社会に貢献することに生きている意味を見出すことで、本当に楽しい充実した人生を送れるという事を知りました。と同時に、皇帝になったナポレオンでも彼の生涯で行った業績に侵略戦争や大勢の部下を殺したことなど、人類の発展から見ると不具合な事を行った。だから、社会に貢献するとはどういうことなのか、社会的評価だけでは測れないという事を考えるようになったのです。何が社会に貢献する振る舞いなのかは、この本にははっきりとは書いていないと感じました。社会に貢献するために具体的にどう振る舞うかは、自分で考える事が大事だと書いてあるような気がしました。

そこで一番大きくその後の私に影響を与えたのは、私の職業を決めることになったことです。それまで父の会社を継ごうと思っていたつもりなのですが、父の拝金主義的なところや、夜寝ている間も仕事に関する事ばかり考えて、用意周到に仕事上の人間関係を自分の思い通りにさせていく手法に、父の倫理観の欠如を感じていた私は、自分の職業に対してもっと真剣に考えるようになりました。

父の毎日の様子を見て、小さな町工場でも会社を経営するという事はお金と切っても切れない縁を私に生じさせ、そのことは私の倫理観のようなものに悪い影響を与えると考えました。そこには私も父に似たところがあり、執着心が強い人間だと思っていたようなことも影響しています。

しかし職業を選ぶにあたっては、働くことによって十分なお金は得られなければいけない。そしてこの本の影響で、自分の職業そのものに努力することが、直接社会全般に貢献する結果に繋がること。権威者や体制派の考え方に従わなければ自分に悪い影響が出る職業ではない事。人との関係が自分の本来の仕事に影響されにくい技術系の仕事である事。もう一つ、自分の得意分野である事。やりたいと思える職業である事。など様々なことを考え併せ、この時期随分と自分の一生の職業について考えたのを覚えています。

そんな折に、小学校の社会科の授業で、同級生の父が日の丸航空のパイロットをしていて、ハワイとの往復フライトの話をしてくれました。羽田からの行きは風の影響でオアフ島まで無着陸で行けるが、帰りは向かい風が影響してウェーク島に寄り、かまぼこ型の宿泊施設で仮眠をしてから羽田に向け最後の飛行に向かう話や、1枚の紙の上面を口で吹くことで、ベンチュリー効果で紙が浮き上がることを実際に見せてくれたのにはびっくりしました。そしてこの空気の流れが、飛行機が浮く原理だというのです。紙は浮き上がってもジュラルミンで出来た重い飛行機が空気の流れが原因で浮くことに興味が湧き、もっと知りたいと思いました。そして彼は授業の最後に、ハワイ土産のまだ珍しかったトンガリ帽子のようなキスミーチョコを、クラスの全員、60人に一つずつ配ってくれました。

私が6年間通った小学校は羽田空港に程近い大田区池上にあり、池上には日の丸航空の社宅があったため、そこにはたくさんのパイロットが住んでいました。社宅といっても2階建てで、今のアパートのようなものですが。それでも当時は、モダンな感じがした集合住宅でした。

戦後いったん日本の空は事実上米軍に支配され、現在の日の丸航空の設立は昭和28年、初のジェット機が就航するのは昭和35年からです。

昭和30年代前半のことですから、当時の日本人パイロットはまだ皆戦前のキャリアを持つ人か、戦後進駐軍で働いていた英語の堪能な人が客室乗務員をしながらなんとかパイロットになった人たちだったと聞いています。一人前の機長になるには副操縦士として10年近い経験を必要とするため、日の丸航空のほとんどの機長がまだアメリカ人だった頃の話です。

その後私が日の丸航空に入り、戦前のキャリアを持つ日本人機長から聞いた話では、戦後の航空界は有視界飛行ではなく、計器飛行の面で戦前とは比較にならないほど進歩していたそうです。とても勝負にならないという感じで話されていました。

その後、大学へ進学する際に現実にパイロットになることを考え、当時唯一のパイロットになる方法と私が思っていた運輸省所管の航空大学校への進学を考えました。現在も防衛大学校などと同じ省庁大学校です。

慶應大学入学の春、九州の宮崎空港にある航空大学にいる小学校の時の3年先輩を訪ねました。彼もやはり池上の日の丸航空の社宅にいたパイロットの子息で、慶應の先輩でもありました。

そこで当時航空大学校の受験には、大学の2年修了予定の資格がないと受験資格がないことを確かめて、そのまま慶應の経済学部に進学しました。そして大学2年の春、航空大学受験のため英語の勉強でもし直そうと思っていた頃に、小学校で社会科の授業をしてくれたパイロットから私の噂を聞いて連絡がありました。横浜の一戸建てに移られていたお宅を訪問したところ、航空大学校に行くより直接日の丸航空の入社試験を受けることを勧められ、大学2年修了見込みで資格があるから、そして今会社はパイロットの養成に力を入れ始めているので、大学を卒業してからだと入社が2年遅れ、すると機長になるのは5年遅れるからと、一刻も早い入社を勧められ、大学2年の夏、まだ19歳の時に入社試験を受けることにしました。

大学の勉強にあまり熱心にならない私に業を煮やしていたのでしょうか、父はすぐに日の丸航空の入社試験を受験することに同意しました。後から聞いたその時の父の考えは、若い時興味を持って勉強する対象がない事は、私にとって大きな損失に繫がると思っていたという事でした。

その結果は私に、それまでには経験したことも想像したこともない世界を提供することになりました。比較的豊かな家庭で父母の愛情を当たり前のことのように感じていた私が、奈良にあった航空自衛隊の幹部候補生学校に入隊させられたのです。

当時はまだ、民間にはエアーラインパイロットの養成施設はなく、官民協力という事で、当時の防衛庁は民間航空会社のパイロットの養成を引き受けていたのです。

そこで経験したことは、鉄の枠組みの二段ベッドで、１クラス二十何人かが一緒の部屋で寝る事です。そして最初の５カ月は、航空無線通信士の取得と飛行についての基礎知識を学習する以外は演練の毎日です。右向け右、左向け左、器械体操のような訓練と、片道５キロほどの薬師寺までのマラソン。雨の日も傘をさすことは許されません。校舎間の移動は、夏の暑い中ゴムの雨ガッパを着て隊列を組んで行います。移動した後はいつも汗びっしょりになっていましたが、雨の中駆け足で移動するようなことは禁止でした。

食事もほとんどみそ汁の中にイワシが入ったような臭みのあるもので、入隊当初２～３日は食べられませんでした。そして50キロ行軍の時は、民間人の私たちは鉄砲の代わりに毛布を担がされ、それはすぐに汗でぐっしょり重くなりました。休憩の時空を見上げると、大阪の伊丹空港に降りるＢ（ボーイング）７２７が飛行しているのを見て、なんでこんなことをしなければならないのかと思いました。

そして度々の深夜の非常呼集です。時には夜中に２回、３回と起こされたこともありました。非常呼集が掛かるとすぐに着替えをして、ベッドメーキングをしてから屋外に隊列する事を時間内に終わらせなければなりません。しかもベッドメーキングが雑だと、屋外に隊列している間に上官がベッドを検査し、大目玉を食らう事になります。私は皆より疲れて熟睡していたせいか、非常呼集が掛かってもすぐに目を覚ませませんでした。気が付くと皆はすでに着替えが終わっているような事態で、毎回のように私のために民間操縦士の隊は整列が遅れ、連帯責任を取らされ全員が学校内を1周走らされました。それでも皆がどうして私を起こしてくれないのだろうかとは思いませんでした。民間操縦士の隊の中には、日の丸航空の訓練生の他にも、全日空や農林水産航空協会のヘリの訓練生もいて、英語の成績でクラス分けされたり、体力測定でランク付けされたりして、私以上に精神的に追い詰められていた仲間もたくさんいました。とても非常呼集で起きたばかりの時に他人の事に気が回る状態ではない事はわかっていました。

3カ月ほど経った時、初めて外泊許可が下り、新幹線で東京の実家に帰りましたが、その翌日、自衛隊の幹部候補生学校までの帰途、新幹線の中で涙が止まらなかった思い出があります。私にとっては、初めてのつらい経験でした。

そして5カ月が経ち、今度は航空自衛隊の静浜航空教育集団第11飛行教育団に移動させられ、T-34メンターというタンデム（縦列）式の初等練習機で、パイロットとしての技術的な訓練が始まりました。しかしその実地訓練が始まる前、1カ月間ほどの座学の間に、私は両足の裏の魚の目を10針も縫う手術を受ける羽目になりました。私の過保護な両足の裏は、奈良の幹部候補生学校でのマラソンに耐え切れず、両方の足に合計10個の魚の目が出来て歩行が困難になっており、手術しないと訓練に入れないことになったのです。手術は足裏に麻酔注射をして行われましたが、全く麻酔は効いていないようで、本当に痛い手術でした。そして松葉杖をつく生活が1カ月続いた後、皆から2週間ほど遅れて飛行訓練に参加する事が出来ました。

それからは失敗もしましたが、やはり私はパイロットに向いていました。訓練中嘔吐したりする仲間もいるアクロバットの訓練も、教官が「もういい」と言うほど夢中になりました。縦に宙返りするループ、横転するロール、それを樽のような形で行うバレルロール、いったん失速させて錐揉み状態で飛行機を落下させ、立ち直らせるスピン、そのうちアクロバット訓練の時は教官が操縦桿を握ることがあるようになり、なるほど操縦していない人間は酔いやすいことを実感させられました。教官が「もういい」と言ったのは、私より先に飛行機酔いをしたためだったのです。

民間航空機のパイロットがアクロバット訓練まですることが望ましい一番の理由は、雲中飛行や夜間飛行で気流の擾乱に遭ったような時に、飛行機の姿勢の変化と共にパイロットはヴァーティゴ（空間識失調）という現象に遭遇することがあります。外界がグルグル回るように感じる回転性の眩暈で、重力の3次元の変化の中で自分の地上に対する姿勢が感覚としてわからなくなるのです。

アクロバット訓練はそのようなことを疑似体験させてくれます。そのような訓練と計器飛行による訓練などで、パイロットはヴァーティゴに陥ったような時でも、計器を信じて自分の地上に対する正しい姿勢を自分の感覚として蘇（よみが）えさせられるようになるのです。

このヴァーティゴになる経験は、私の場合は機長になるまでになくなっていきました。たぶん10年近いフライト経験の中で、雲中にて気流の擾乱のような飛行機の姿勢と重力の変化が生じた時に、自然と計器の姿勢指示器を見つめる癖が付き、自分の感覚を常に地上に対して正しい姿勢を把握維持し続ける癖が身に付いたのだと思います。

奈良と静浜での合計ちょうど1年の自衛隊委託訓練の後、仙台空港にある日の丸航空の基礎訓練所で1年間陸上多発機ビーチクラフトH-18の訓練を受けました。そこでは自衛隊時代とは雲泥の差の待遇で、個室が与えられ、食事も満足のいくものでした。それに何より訓練以外は自由行動が許されています。飛行訓練がない日は、訓練所の教室での座学か自習をするだけです。行軍も毎日のマラソンもありません。毎週末は仙台の繁華街で遊んでいられる。自衛隊の訓練生時代に比べると夢のような生活でした。

その1年の間に、初めて2カ月間の海外訓練にも行きました。サンフランシスコ湾の対岸にあるオークランド飛行場からビーチクラフトH-18で出発して、カリフォルニア中を飛び回る訓練です。

アメリカ人の教官に指導を受けながら、自分で飛行計画を立てて行ってみたいところに飛んで行きました。ところが、行ってみたい飛行場にはよく落とし穴が潜（ひそ）んでいました。今でも覚えている一番の失敗は、海岸沿いのリゾート地のそばの飛行場に行った時、飛行場にあるレストランでのランチの後、帰りの飛行で上昇勾配が満足出来ない飛行計画を作ってしまったことです。その飛行場を離陸した後、素晴らしい眺めの渓谷のある山岳地帯を越えるためには、その飛行場に設定されていた海の方にいったん出て高度を得る離陸経路を選択しなければならないのを勉強不足で選択しなかったのです。普段はまあまあ出来の良い私に、アメリカ人の教官は呆れた顔をして何も言いませんでした。お天気が良かったから山にぶつからずに引き返せましたが、雲中飛行だったら事故になっていました。事前の調査不足がパイロットにとっては命取りになるという教訓を得た、良い勉強をさせてもらったフライトではありました。

この滞在中に招かれたアメリカ人宅で、人類初の月面着陸の実況中継をテレビで一緒に見ました。アメリカのアポロ11号における船長のニール・アームストロングと月着陸船操縦士エドウィン・オルドリンによるものでした。司令船操縦士マイケル・コリンズが月周回軌道上のコロンビアで待機する中、2人の乗り込んだ月着陸船イーグルは司令船から切り離され、

1969年7月20日午後1時17分（西部夏時間）、月面に着陸しました。その時訪問先の家族から、テレビの解説の内容が私たちにはほとんどわからないのだが、あなたはわかるかと聞かれて、返事に困ったことを覚えています。もちろん私にもほとんどわかりませんでした。

飛ぶことに関して「怖くはないのか？」とも聞かれました。私は「恐怖心というのは、自分を信じられなくなった時に出てくるものだと思います」と答えた事を覚えています。

そして、この訓練中には気が付かなかった大きな失敗を私はすることになります。その失敗が判明したのは、2カ月の滞在が終わって帰り支度をしている最中でした。着てきた背広に体が入らないのです。その2カ月の間に、私は8キロ太っていました。カリフォルニア滞在中はずっと自炊でしたが、スーパーで買ってきたサーロインステーキを、私は毎日夕食に食べ続けていたのです。自衛隊の訓練でそれなりに引き締まった私の体は、一気にブヨブヨと太りだしたのです。それから50年経った今でも、私の体重との闘いは続いています。その時身に付けてしまった177センチ80キロの体重を、これ以上は増やさないように毎朝体重計に乗るのが私の日課です。

最初の自衛隊での私のパイロットとしての訓練は、大変厳しく指導された1年間でしたが、その後の基礎訓練中は教官から教えられた覚えは全くと言ってよいほどありません。自分で失敗したことをホントに痛切に後悔をしながら、二度と同じ失敗はしないようにしようという事の繰り返しでした。厳しいという噂の訓練所の教頭に同乗してもらった時も、降りた後、私の背中を叩いて、「しっかり汗をかいとるな」と言われただけだった事を、あまりにもあっけなく感じたのを覚えています。そんな調子で陸上多発機の事業用と計器飛行証明と航空通信士のライセンスを無事取得して、1年間の仙台での訓練は終了しました。

5　ラインパイロット人生の始まり

１９７０年４月から羽田の訓練部での半年ほどの航空機関士になるための座学と、主に東南アジア路線でのラインフライトでの飛行訓練を受けて、ＤＣ−８のセカンドオフィサー（航空機関士）として、その年の12月には資格を得ました。

その航空機関士としてのラインフライトでの訓練中、その日は羽田を出て香港経由バンコクステイのフライトで、香港の飛行場で給油作業中、操縦室で燃料システムの作業をしていました。ＤＣ−８の燃料タンクはテンタンクシステムと言われ、燃料タンクが全部で10個あり、給油する際にはあらかじめ主翼内と胴体内それぞれのタンクに積む燃料の量を操縦室側でセットします。そして給油する最中もモニターしながら正しく配分されるのを見守る必要がありました。一度失敗すると重心位置が変わり、翼にかかる荷重も変わってくるため、燃料のトランスファー（移動）をして正しい配分に戻す必要があるのです。このトランスファーはタンク内の吐出圧の小さなポンプでするため、時間が大幅にかかるので、給油は失敗出来ない大事な準備作業の一つなのです。

そんな作業中に突然、大きな声が操縦室に鳴り響きました。

「私はナターシャ・スタルヒンと申します。バンコクまで客室乗務員の訓練生として同乗させていただきます」

普通の日本人女性の客室乗務員訓練生は、操縦室に直接来て、大声で挨拶するようなことはしないと思います。客室乗務員のチーフが代表して、「香港から訓練生が1人ジョインします」という報告に来るか、正式には緊急避難時のためにも本人確認を機長はする必要があるので、チーフが訓練生を伴って紹介に来ます。機長はそのフライトの安全全般に関して責任を負わされているため、飛行の前に正規の客室乗務員の持ち場、知識の確認や健康状態の把握はしますが、訓練生にまで機長が直接接する事はしないという雰囲気なのです。操縦室に来る前にナターシャは、客室乗務員のチーフに一言コトワリを入れてから挨拶に来たと考えられます。

その時の私の航空機関士の教官も欧米人でした。何か自分が小さく感じられたのを覚えています。そして翌日バンコクのホテルのプールサイドで、ナターシャの水着姿を眩しく感じながら見たことを覚えています。プールサイドに隣接する屋内の冷房が効いたカフェで教官と仕事の話をしている途中、彼はナターシャを見て「彼女をどう思うか?」と聞いてきましたが、その時はスタルヒンと言えば戦前の読売ジャイアンツの大投手という事も影響をしていたと思いますが、向こうの存在（欧米人）の方が私より大きく見えていたので、なんと返事をしたのかも覚えていません。

その後40年以上パイロットをして欧米人と一緒に仕事をする機会を多く得ましたが、彼らが若い頃から持っていて、日本人には育まれていない大きな違いは、このナターシャのした挨拶に一番出ていると感じます。

それが何であるのかは本書の一つの大きな問題意識として、若い読者の皆さんにはこのことを気にしながら読み進めていってほしいと思います。

またこの時に航空機関士の欧米人の教官からは、言葉ではなく機長に対する態度から仕事に対する姿勢、考え方を教えられました。

機長の指示に対しては絶対服従といった感じなのですが、その間にも自分の意見ははっきり表明するのです。飛行の安全のためには航空機関士としての責任を遂行する必要があり、その責任を遂行中は機長と対等なのだと感じました。はっきりした自分の考えがないと機長に対して仕事の上で対等に話すことは出来ないと感じ、自分の意見を必要な時にははっきり表明出来るように、整理して仕事の内容を考えるようになっていったと思います。

1年半ほど、セカンドオフィサーとして北回りと南回りで10回ずつヨーロッパへ行きました。毎回2週間ほどかかるフライトで、他のフライトはハワイや香港辺りへ行くだけで、セカンドオフィサーとしての1年半の乗務は終わってしまいました。

北回りは羽田からアラスカのアンカレッジ経由でコペンハーゲンやハンブルグに行き、そこで1週間次のフライトを待ち、アンカレッジ経由で帰ります。人気の目的地パリやロンドンは、私たち若い乗員にはお鉢が回ってきませんでした。現在の旅客機は交代要員がいない時は2人でどこへでも飛んでいきますが、その頃は北回りでヨーロッパへ行くのには、今はコンピューターにとって代わられた仕事をしていた航空機関士の他に、地磁気が使用出来なくなる高緯度を飛行するため航空士というナビゲーションを担当するクルーが乗り込んでいました。当時、低緯度地域では地磁気を利用してパイロットが航法もしていたのですが、地磁気を全く使えなくなる高緯度地域での航法は、１００％航空士に頼っていました。彼らは六分儀と言う太陽や月、星の位置を測定する器械を、小さな穴が開けられるようになっていた操縦室の天井から突き出して、自機の位置を割り出していました。

南回りは、羽田から初日は香港を経由してバンコクで泊まり、次の便でニューデリーかボンベイ経由でカラチかテヘランに泊まり、たまにはさらに足を延ばしてローマで折り返し、逆のルートで羽田まで帰るフライトで、経験の少ない私には徹夜を強いられるきついフライトでした。ヨーロッパで折り返しますので、3日ほど折り返す飛行機を待ってカラチでもテヘランでも滞在します。１９７１年のことです。はじめのうちは現地の食事の香辛料には閉口しました。滞在中1回は日本食をと思っても、当時は日本食を出してくれるところなどありません。癖のある中華料理がいいところだった覚えがあります。私はそんな生活に馴染めず、ホテルの部屋で本ばかり読んでいました。山岡荘八の『徳川家康』は26巻あったと思いますが、よいお供でした。

その後、1972年10月には、DC-8のファーストオフィサー（副操縦士）としての資格を得ました。その時の訓練で実際のエンジン故障の経験をし、その経験が私にとって最後のエンジン故障の経験ともなりました。訓練は、イースタン航空の教官と飛行機DC-9を使って行われたため、1カ月ほどの間、マイアミから飛び立って近郊の沼地に滑走路だけあるような飛行場で離着陸の訓練をして帰ってきました。その沼地にある訓練飛行場に進入中、エンジン計器の一つがオイル量の減少を起こしている事に気が付きました。

私は、DC-8のセカンドオフィサーとして1971年1月、初めてハワイへの乗務をした時、同じ故障に遭遇した事があり、その時は気が付いたらオイルの量を示す針はすでに0を示していました。でもエンジンは何事もなく回っていましたので、四つあるエンジンの同じオイルの量を示す他の計器と交換したところやはり0を示します。

そのフライトはダブル機長で、2人のアメリカ人機長に状況を報告したら、2人で何かしゃべっていましたが、私には何も言いません、黙ったままです。２人の操縦士は前を向いたまま話しているので、２人の後部座席で操縦室の横に並んだ飛行機のエンジン、燃料、油圧装置、高圧空気と機内与圧装置、電気系統のシステムなどの計器を見ながら横を向いて仕事をしている私には、よくわからないネイティブの英語はさらにわかりにくく、困りましたが、1人の機長が「オイルプレッシャー（油圧）」と言った事が頭に残りました。

航空機関士の欧米人の教官の事を思い出し、ここは航空機関士としての意見を表明すべきという事はわかりましたが、その時の状況は私には何が起こっているのだろうかといった感じで、経験がほとんどなかった私にはどう判断すべきかわからなかったのです。考えた結果「オイルプレッシャーに注意していよう」という結論に至りました。ともかくエンジンは異常なく回っているし、エンジンオイル温度にも異常はない。オイルの量を示す受信側の計器はスワップ（交換）した結果正しい事がわかっているが、送信側のセンサーかトランスミッター（送信器）の不具合も考えられる。そして本当にオイルが漏れてなくなってきたら、オイルプレッシャーに異常が出てくるはずだからです。その時は太平洋のど真ん中をフライト中といった状況でしたから、計器の異常だけでエンジンを止めてしまう事は、その後万一違うエンジンに本当のオイル漏れがあったらフライトの安全に大きな影響が出ます。この時は結局、何事もなくハワイに無事着陸出来ました。

その時の経験から今回もオイルプレッシャーに注意して沼地の中にある滑走路に侵入を続けていたら、今回は油圧計がピクリと振れだしました。すぐにエンジンを止めて、

「このまま進入を続けて、目の前の沼地の中の滑走路に降ります」

と言うと教官は、

「あそこの滑走路にはワニがたくさんいて、我々が食べられてしまう。マイアミへ帰る」

そう言って、操縦桿を奪われて進入復行され、操縦を代わられてしまいました。もちろん冗談交じりの教官の言葉ですが、その後は管制に緊急事態の優先権を要求して、基地のマイアミ空港に降りるまで15分ほどでした。そして降りた後は、

「オイル漏れで滑走路を汚した可能性がある」

と管制に報告し、滑走路脇のすぐそばの誘導路で停まりました。このような経験が私のパイロットとしての財産になっていきました。

DC−8の型式限定のライセンスを取るのにDC−9の訓練から始めた理由は、DC−8という飛行機は、安定性は良いのですが操縦性が鈍い感じで、舵を切ってもなかなか機体が付いてこないという操縦特性を持っていたため、日の丸航空の訓練部は大型機の経験のないパイロットに初めからDC−8に取り組ませるのには無理があると考えていたそうです。

その9年後、1981年に私はDC−8の機長になって6年間乗務し、その後B767、B747−400の機長、教官、査察操縦士を経験し、日の丸航空定年後はLCCでB737−800にも同様に乗務しましたが、一番大きなB747でもDC−8のような操縦性能の鈍さはなく、機体ははるかに重いので慣性は大きいはずなのですが、操縦している時にはその動きにすぐ慣れる事が出来ました。こういう特性を持っていたDC−8は、日の丸航空の事故の歴史に暗い影を残す結果となりました。1972年に、日の丸航空は大きな事故を連続して起こしています。

5月15日＝羽田空港暴走事故。DC−8が滑走路を逸脱し、離陸に失敗。
6月14日＝ニューデリーでDC−8が墜落。
9月7日＝金浦空港DC−8暴走事故。
9月24日＝ボンベイ空港DC−8誤認着陸事故。
11月29日＝シェレメーチエヴォ空港DC−8墜落事故。

それでも私は、セカンドオフィサー、副操縦士、機長として合計で17年間このDC−8に乗務し続けましたが、当時としては素晴らしい飛行機に乗れているという実感を持っていました。

6　米国文化が創り出したＢ７６７に機種移行

６年間のＤＣ－８での機長としての乗務の間に、飛行機の理想像のようなものが私には出来上がっていました。１９８７年9月、Ｂ７６７に機種移行したのですが、この機体は、その理想像をはるかに超える出来栄えの飛行機でした。この頃、社会にもパーソナルコンピューターが出始めていました。Ｂ７６７は、このコンピューターを制御系統全般に大幅に取り入れていました。

パイロットにとって一番大きな違いは、飛行機の現在位置の把握方法です。ＤＣ－８ではいくつかの地上局からの方位と距離でパイロットは頭の中で自機の位置を把握します。しかしＢ７６７では、それがディスプレイの中にそれぞれの関係位置と共に自機の位置を示し、さらにこれからの進路もはっきりと色分けされて示されるのです。そしてそのディスプレイに、今まではウェザーレーダーを航法計器とは別画面で見ていたものが、一緒に映し出されるようになり、積乱雲を避けるにはこれからどの時点でどちらへどれだけ回避して、いつ元のコースへ戻したらよいか一目瞭然という事になったのです。

電気システム、油圧制御、高圧空気と与圧空調関連、燃料系統など、全ての制御システムはコンピューターを利用して、それぞれのスイッチは今までのON／OFFから、AUTO／OFFに代わりました。通常運航中スイッチはAUTOのままで〈Flight Management System〉というメインコンピューターから送られてくるフライトの滑走中、離陸中、上昇中、航続中、降下中、着陸後それぞれの状況に合わせて、プログラムされた指示に従って動いています。DC-8ではパイロットは操縦しながら各システムをモニターして、セカンドオフィサーがタイミングよくスイッチを操作して制御していたのですが、操作はスイッチに組込まれたマイクロコンピューターがやってくれるようになり、パイロットの仕事はフライトのチェックポイントで適切な状態にシステムが動いている事を確認するだけになりました。

DC-8とB767はどちらも当時は最大離陸重量が約150トン、旅客数200人ほどの同サイズの航空機だったのですが、上記のような改良を加えて操縦室のパイロットは3人から2人に減りました。そしてもう一つの大きな違いは〈2 Men Operation Concepts〉という運航方式の採用です。

B767開発の際、米国ではこの航空機を2人乗りで開発して良いのかの議論が大統領委員会（Presidential Task Force）の場で行われました。結論は安全が今までの3人乗りの航空機以上に保てれば良いというものでした。

パイロット2人で3人乗りの飛行機以上に安全に飛ばすためには、パイロットの仕事量（Work Load）を大幅に減らさねばなりません。そのために、オートパイロットとオートスロットルが常時〈Flight Management System〉という飛行経路と離陸から着陸までのプログラムを記憶したメインコンピューターを利用して、ロボットのように離陸直後から着陸に至るまで飛行機を操縦していく事が出来るようになりました。パイロットはオートパイロットの機能を適切に選び、それらの機能の実施状況を確認していく事に、仕事の重点を移していく事になりました。

また、飛行機の各部品を動かすための電気系統や油圧系統の故障への対応もコンピューターの機能を大きく取り入れて、ディスプレイにどういう故障が起きたのか正しくメッセージを表示する機能が組み込まれました。パイロットはそれまで本当はどこの故障なのか考えながらシステムの異常に対応していたのですが、この表示に対応したチェックリストを実施していく事で故障を処理することになり、システムが故障した際でもその事に何時までも引きずられることがなくなりました。

例えば前述した私が遭遇した故障、エンジンオイルの減少というメッセージはありません。実際にオイルプレッシャーにまで異常が出た時に、初めてパイロットに対して表示するのです。

そしてこの運航方式の考え方の最大の相違は、機長が重要と考えるシステムに不具合が出た際には、飛べるか飛べないかという判断ではなく、飛行の安全に大きな影響が出るか出ないかで、そのシステムを修復してから飛ぶという考え方です。回復出来なかったらそのフライト自体をキャンセルすることになります。

私がＢ７６７の機長としての最初の路線飛行で会社に出勤した時、Ｂ７６７導入の際にリーダーだった乗員部長が朝早いのに待っていました。そしてこう言われました。

「システムに故障が出たら、必ず直してから出発してください。整備の方にもそのようにお願いしてあるので徹底してください。そうでないとパイロット２人だけで今まで以上に安全に飛ばすことは出来ません」

その時私はこう思いました。

（そうは言ってもＤＣ－８にはＢ７６７には付いているシステムが色々なかったのに、私は安全に飛んでいた。こんなに完成されたＢ７６７なのだから、少々システムに故障があっても、今までよりずっと安全に飛行出来るだろう）

羽田でしたら、システムの異状が判明したら部品は常備されているし、代替機に交換することも出来ますが、地方空港や外国で故障が発生した場合は、提携先の航空会社から部品調達が出来ることもありますが、部品も機材もない場合は遅延で済めばよいのですが、欠航しなくてはならないケースも出てくることになります。

しかしその後、私は考え方を変えました。前述のように私の会社ではDC−8で何度も事故を経験していたのです。私が機長になった後も、1年も経たないうちに1982年の2月、新人の機長が精神病の影響と思われる原因で、羽田沖で自らDC−8を墜落させる事故がありました。

機長になると誰もが一度は、その職責の重圧に潰されるような感覚に襲われます。私も自分の3カ月ほど後に機長になった同期から電話で、「苦しくて仕方がない」といった相談を受けたことがあります。その時「俺は腹をくくることにしたんだ」と言ったら、同期は「なるほどお前は時々うまいことを言う」と言って何かホッとした様子でした。

この新人機長の事故の時、会社は他の新人機長にも不安を感じたのでしょうか、人事部の副部長が私に面会に来ました。社員が出入りする裏玄関のロビーで乗務の後帰宅する私を待っていたらしいのですが、1時間経っても私が現れないので探しに来たのです。当時私は国際定期航空操縦士連盟（IFALPA）の日本支部で管制委員会に所属しており、ニューヨークで開かれる予定の委員会が迫っていた関係で、日の丸航空が支援して貸してくれていた社内にある日本支部の事務所に頻繁に来ていました。私は英語が堪能ではないので、本部から支部に大量に送られて来る予定の協議事項に目を通しておかないと、現地での討議内容がわからないと判断したためでした。

その協議事項には、今では搭載が義務付けられている空中衝突防止装置（TCAS）の運用について、管制官の指示と反対の指示が出た時はどうするのか、IFALPAとしてどんな声明を出すべきかが、討議の重要議題に上がっていました。

そのTCASの作動機序を読んでいた時、副部長が現れて、私の考えている事などを1時間以上にわたり聞き糺していきました。そしてこの時の副部長との会話が、その後の私の仕事の仕方に大きな影響を及ぼしていく事になりました。

1時間ほど話して彼は私に安心したのか、その当時の私にとっては意外な事を話し出しました。副部長は、

「私は機長の皆さんに期待している」

と言い出したのです。

「私は現在の役員連中には何も期待していない、だが彼らにはもともと何も期待出来ない。我が社は半官半民で政府関係者の意向が第一で、我が社は安全運航さえきちんと守られていれば社会的意義を失わない。その責任者であるあなたたちに期待している」

今考えてみれば当たり前のことを言ったまでのようにも思いますが、当時の私は目を開かされた思いがしました。そのあと彼は、私が彼との会話の中で言った、様々な子会社を作って赤字を出していた経営姿勢について、

「我が社の根幹にかかわる事ではないから気に留める必要はない、ともかく我が社にとっては安全運航が命です」

そう言ったのです。しかし残念ながら私が言った杜撰な経営は、その後に大きな為替差損と、ホテル経営の失敗という形で、日の丸航空の根幹を揺るがす損失を出すまでに至ります。そして１９８５年8月には、航空史上単独機では最多の死者を出した事故を起こしたのです。航空機の死亡事故率は、１００万回に1回というもので、当時の運行状況からすると3年に1回大きな事故が起きることになるのですが、実際にそうなってしまったのです。上記のどちらの事故も、いわゆるパイロットミスで片付けられるような事故ではありません。

あらゆる種類の事故をなくしていくためには、私たちが考えてきたような安全対策では不十分だとは感じていましたが、ではどう対策したらよいかとなると、その当時会社が採用していたクルーリソースマネイジメント（ＣＲＭ）という対策は、

「あらゆる種類の利用出来る手段、人材、情報を上手に利用してフライトを管理していく」

といったことで私には漠然とした考え方だなという印象でした。

しかし現実には、事故を皆無にすることは出来なくても、これからは事故を多くても１０００万回に1回、事故が起こることを数十年に1回くらいまでに減らさなくてはいけないのだと考えるようになりました。そのためには安全に少しでも危惧があれば、フライト自体も最悪の時は切り捨てるという考え方なんだと理解しました。

その後私は、安全に少しでも影響が出るようなシステムの故障が報告されている時は、絶対にそのフライトはキャンセルしようと考えていましたが、日の丸航空にいる間は結局、一度もそのような故障に遭遇しませんでした。私が初めてフライトを拒否したのは、LCCでの退職の2カ月前、オートスロットル（自動推力調整）の故障を抱えたまま飛ぶことを要請された時です。

DC－8にはオートスロットルなどなかったので、なくても私は飛べる自信はあったのですが、有ると無いとでは、私たちの仕事量は大きく変わってきます。巡航中の飛行機は、同じ高度を同じ速度で飛行するために同じ推力を設定すればよいというわけではないのです。常に気流の変化を受けていて、同じ速度を維持するためには常に推力の微調整が必要となり、オートスロットルがないDC－8で飛んでいた間は、気流の悪い時は速度計から目を10秒も続けて離すことなど出来ませんでした。パイロットの操縦関係の計器の見方は、じっと見ているのではなく、ちょっと見るだけで他の計器に目を移している間に、残像で修正を繰り返す作業です。オートスロットルがなければ、普段注意を向けているところにその注意が行き渡らないことになります。さらに飛行中、違う故障でも起きたら、B767以降開発された航空機には航空機関士がいませんから、パイロットが対応することになり、その危険性は普段の何十倍にも上がることになるのです。

初めて私はフライトを断りました。国内線の近距離の飛行でしたが、オートスロットルなしで有償飛行（航空運送事業者と利用者が有料で契約した飛行）は出来ませんと断ったのです。

「臆病者と言われる勇気を持て」

パイロットになる時から先輩たちに教えられていたことが、定年間際になって初めて実行出来たことになりました。

Ｂ７６７にはＤＣ－８では一つしかなかったオートパイロットが、三つ同じものが並列に並んでいて、通常の飛行ではセンターが飛ばしていますが、壊れたらレフトに切り替わり、それも壊れたらライトに自動で切り替わります。そしてそれぞれのオートパイロットに供給されているＤＣ（直流）電源は、センターにはバッテリーから、レフトにはレフトのエンジンについている発電機からというように、別系統から電源も供給されるようになっているのです。電気システムは、コンピューターでほとんどの機能を制御しているＢ７６７にとっては生命線です。一つの機能が壊れた時にでも全体に電力が確保されるべく複雑にバックアップされていて、理解するのに骨が折れるほどでした。ジャンボやＤＣ－８のように発電機がエンジンと同数の四つある機体は、比較的簡単にそのバックアップシステムを理解することができましたが、発電機が二つしかない機体の場合、そのバックアップは念入りに考えられていました。一つの発電機が壊れたらすぐに補助動力装置を動かして、予備の発電機を作動するようにもなっていました。それもダメになったら、機外にプロペラを出して発電するようになっていました。このように電気システムは、重要な操縦系統に最後まで電力が確保されるように考えられていました。システムが壊れた時、他にその故障の影響が波及しないように徹底されていました。

オートパイロットなしで飛ぶことは、設計上考えられていないのです。理由はオートパイロットなしだとパイロットが自分で操縦しなくてはならなくなり、仕事量は大幅に跳ね上がります。パイロットは外部の監視以外に、他の航空機と管制官との交信による情報と、ディスプレイの機影からの情報をもとに、それらを総合して周りの状況を把握してフライトしていますが、それらにほとんど注意を向けられなくなります。またシステムのモニターや故障への対応、飛行経路上の積乱雲などの障害の回避への注意力が大きく削（そ）がれ、管制官からの指示や客室との連絡にも支障をきたすことになります。なんとなくこのようにしておけばよいのではないかといったことではなく、この場合はこういうことだからこのように決めるというように、理由が常にはっきりし飛行の安全が脅かされないようにその全ての条件を満足出来るようにＢ７６７は設計され、設計したポリシーに沿って運用するように考えられていました。

そのように考える事で、私は米国の作ったB767という飛行機の運航の仕方を理解する事が出来ました。そこには欧米人の切り捨てる文化が大きく影響している事に気付くことになりました。システムが不具合になった時、ディスプレイに表示されるメッセージに沿ってチェックリストを実施するとそのシステムは切り離されてしまいます。ほとんどのシステムはバックアップする装置を持っており、その装置で代行するのです。そのように初めから設計されている事に、日本の文化との違いを感じました。

令和2年の現在においても、様々な事故例から日本が開発したシステムとB767以降欧米が開発した航空機では、文化的背景の違いを感じます。新交通システム「シーサイドライン（金沢シーサイドライン）」で2019年6月に発生した無人運転車両の逆走事故、東京証券取引所で相場情報の配信に障害が発生しているとして株式全銘柄の売買を終日停止した2020年10月1日の事故、私も期待していた戦後初の国産ジェット旅客機が何度にもわたり米国のTC形式証明を取得出来ず開発が中断されてしまった2020年10月30日のような状況は、米国とのリダンダンシー（冗長性）の考え方の違い——あるシステムが壊れた際にシステム全般の作動に大きな影響を与えないように全体システムを構成する考え方の違い——に留まらず、それらのシステム開発に当たる際の背景にある文化についての違いを感じさせます。

西洋の文化が最悪の事態に備えてシステムを設計するのを得意とするのに対して、日本の文化は、全てうまくいく前提で、その達成レベルを上げていく事に力を注ぐ特徴があるように感じます。私はその考え方の違いをはっきり納得出来るように、どのような文化的背景が考え方の違いを生むのかを知りたいと思うようになっていきました。

7　長女が交換留学中のホストファミリーの離婚

1988年9月、私の長女がカリフォルニアのサクラメントにEFファウンデーションというプログラムを利用して、高校での交換留学をする事になりました。

留学して半年ほど経った頃、ホストファミリー夫婦が離婚しそうだという手紙が長女から届きました。その夫婦はここ2カ月ほどほとんど口も利かないそうで、母親側に付いている長女が、苦しい気持ちでいる事がわかりました。

すぐに行ってやりたいと思いましたが、私の仕事のスケジュールや、あと1カ月もすると春休みで、長女の妹たちも連れて行けます。家族で行って、ホストファミリー夫婦に面会した方が、彼らに私たちの娘を思う気持ちがよく伝わると思い、1カ月待ちました。

その間にEFファウンデーションのカリフォルニアの地区代表と連絡を取り、ホストファミリーの状況を尋ねたところ、地区代表からは、こんな答えが返ってきました。

「2人の状況は把握している。アメリカではホストファミリー夫婦が別れても、お嬢さんを他のホストファミリーに預ける事はない。母親はお嬢さんをこのまま預かりたいと言っている。私自身も離婚経験があるが、子供は3人育てている」
長女の高校も4月のイースターの際には1週間ほど休みになるという事なので、その期間に合わせて現地で状況判断と情報共有が出来るよう2週間近い日程を組んで家族で長女とホストファミリー夫婦を訪問しました。訪問してから残り3カ月、6月いっぱいで長女の留学も終わります。安全な事だけ確認出来れば、後は長女の判断に任せるつもりでした。

ご夫婦2人は私たちを歓迎してくれました。到着した日には十分な夕食が用意され、夫婦も何事もなかったように振る舞います。お歳はその頃の私からすると父親に近い年齢のように思えました。特に父親は至って温厚な感じの白人でした。母親も落ち着いた感じを漂わせていました。若い私たちがご夫婦の仲を詮索出来るような雰囲気ではなく、和やかなうちに夕食も終わり、後片付けも皆でしてお別れし、翌日から1週間ほどのカリフォルニアの旅行に私たち家族だけで出発し、その間に長女から話を聞くことにしました。

これは私のもの、これはあなたのものといった調子で、家財道具全てに離婚後の財産分与を決めるのだそうです。家財道具ばかりでなく全ての資産について、はっきりその所有権を決めていくらしいのです。普段のお金の管理も2人のそれぞれの所有権が決めてあるそうで、当時私は給与全てを家内に預けていたのと比べて、その違いがどこから来るのか考えるようになりました。

またアメリカの学校では、小学生の時から落第があるのだそうです。日本では義務教育の間、中学卒業までは学業の成績が悪くても落第させるという事はないと考えてきました。学業が十分なレベルに達していなければ落第させるという考えはアメリカばかりでなく、ヨーロッパの各国でもそれが当たり前。成績が最低レベルに達していなければ落第させる事が、生徒を大事に公平に扱う事なのでしょう。フランスでは小学校・中学校の学年全てを落第しないで卒業出来る生徒は、8割に満たないとも聞きました。

日本は義務教育の間は落第させずに出来る子も出来ない子も同じように扱う事が、生徒を公平にまた大事に扱う事と思われていると思います。この考え方の違いはどこから来るのでしょうか。

高校生活でも、長女は日本との違いを、全ての事柄に対して、ともかく君はどう考えるのか、その根拠はどうしてかをはっきり言わなければ、馬鹿にされ相手にもされず、友達にもなれないと言います。

日本の学校では、何か重要な判断をしなければいけないような状況に学生を追い込まないのが普通だと思います。学校は生徒に判断する力を与える場ではなく、無難な対応を教える場といったところでしょうか。

それは概(おおむ)ね「右へ倣(なら)え」の教育と言えるでしょう。社会一般で正しいと思われている対応をあなたも取りなさい。学校はあなたたちを社会に受け入れられやすい人に育てる責任があるのです。あなたに特別な事情があってもそれはあまり表に出さないように振る舞い、自分の個人的な事情を振りかざして自己主張し過ぎないようにしなさい……といったところが日本の学校教育の現実ではないでしょうか。

この違いは自我を育てる教育と、自我を育てないようにする教育という事で、アメリカと日本の教育の根本の違いが私もわかったようにこの時思いました。そしてこれは学校だけではなく、社会一般の考え方の違いが学校教育に及ぼしている影響と言えると思います。

その原因は私にはすぐ見当が付きました。私の祖母の兄は日蓮宗の僧侶で、谷中銀座商店街の入口にある延命院(えんめいいん)の住職をしていました。私が小さかった頃からの祖母の口癖は「〈南無妙法蓮華経〉と唱えれば、皆一緒に仏様が成仏させてくださり、天国へ行ける」というものでした。仏様は全ての人を等しく受け入れてくださり、救ってくださるというのです。皆と一緒に〈南無妙法蓮華経〉と唱えていれば、それだけで良いのです。悪人でさえも切り捨てたりしません。いわんや善人をや、という教えです。「皆との和」や「皆と一緒に」が大事なのです。〈南無阿弥陀仏〉も同じ事です。唱える対象が法華経という経文か阿弥陀如来かの違いだけです。

それに引き換え、私がその頃よく読んでいた遠藤周作の小説から知った欧米人の信仰は、「ユダヤ教にしてもキリスト教にしても、個人が神とそれぞれ新旧の契約を交わし、その契約をその個人がどれだけ守れたかで、天国へ行くか地獄へ落ちるかを神が決める」という教えでした。神に気に入られなければ、切り捨てられるのです。

この考え方だと、個人がどう行動するかが大切になってきます。他の人の考え方を見習うのではなく、大事なことは自分がどういう信念で行動するかなのです。それで長女も、友人に「君はどう考えているのか」と聞かれ、「それはどうしてなのか」と必ず聞かれ、はじめ長女にはそれぞれについて自分の考えはなかったので、衝撃を受けたのだとわかったのです。

欧米のこの自分はどう考えるのかという事を大事にする考え方は、近代の哲学者らに引き継がれていると思います。一般的にはキリスト教に代表される一神教の神の主権に対し、彼ら近代の哲学者たちの考えが人民の主権を生む民主主義を作り出したように言われますが、日本人の私には一貫した流れに思えます。「自分はどう考えるか。それが大事なんだ」という考え方は、新旧の神との契約の時から、彼ら欧米人の考え方の根底に流れており、その考え方を基に自分たちに主権があるという思想が生まれたと感じるのです。

主権に関して大きく誤った理解をしたのが、イスラム原理主義の「道標」ではないでしょうか。エジプトの作家サイイド・クトゥブが書いた『イスラーム原理主義の「道しるべ」』は、アルカイダの初代アミール（司令官）となったオサマ・ビン・ラーディンらの思想を作ったとされる著書ですが、この書では主権は神にあり、人は全てイスラムの教えに従わなくてはならず、自分たちに主権があると思うこと自体が誤りで正さなくてはいけないと考えているのです。ですから人民に主権があると考えるイスラム社会も含めた民主主義国である現在の国家のほとんどが、彼らにとっては正さなくてはいけない社会なのです。

それでは、日本人は一般的にどういう考えを持っているのでしょうか。自分の主権を主張する自我を持ち合わせているのでしょうか。

一般的に日本人は、社会的評価を自分の判断基準にしている人がほとんどです。人の評価にしても社会的評価が人の価値の全てであると思っている人が多いようで、普通の人の判断基準は世間の評価にしかないという事です。という事は、日本人は無意識のうちに主権は個人ではなく、自分を取り巻いている社会にあると感じている人が多いのではないかと思っています。それは、自分で意識した考えを持たないからではないでしょうか。意識した考えとは、自分なりに本を読んだり、自分の心に問いかけたりしながら作り上げた自分の判断基準の事です。その判断基準を基に個人の主権が作られていき、成熟した自我の育成に繋がっていくのです。

残念ながらほとんどの日本人の大人は、世間がどう見るかで事の善し悪しを判断し自分の行動を決めています。何か判断に迷った時に、世間はどう考えているのかとあなたも考えませんか。そう考えるのは実は、その問題の解決に対し、あなたの判断基準では責任を取る自信がないからではないでしょうか。だから「右へ倣え」しておけば、とりあえず問題は起こらないだろうと考えて、世間の判断基準に従っておこうとするのです。

あなたが迷っている時に取ろうとした判断基準は、世間がどう一般的に考えるかという正しい判断基準ではないことがあります。なぜならあなたが対象にしている世間は、限られた世間であることが多いからです。身近な問題、特にあなたに利害が及ぶような問題の際に対象となる世間は、時には学内や社内であったりします。

そのような時、学内や社内には好都合な判断であっても、社会的に見れば不都合である場合もあります。そのような時に自分にしっかりした判断基準が育っていないと、ついつい易きに流れ、後々には会社の不祥事を招くようなことになるのです。時にはその不祥事によって、あなた自身が責任を取らされることになるかもしれません。

欧米では一人一人の生徒の判断基準に学校生活から磨きをかけてゆき、一人一人がしっかりした判断基準や信念を持つようになるから、自我が育つのです。日本の教育現場では生徒一人一人の判断基準を問うことなく、あいまいなままで許しています。そのような日本の学校教育では、いつまで経っても自我の成長が促（うなが）せません。ですから日本人の自我が育たず、中途半端なところで自我の成長が止まってしまい、自分勝手な判断基準しか持てない状態の大人は、自分の判断基準で対応出来なくなると、世間はどう見ているか、社会的評価はどうなるかといったことで判断することになるのです。これで民主主義社会の主権を持った人間と言えるでしょうか。

成熟した自我を持っていれば社会的に大きな間違いを起こしにくいのですが、日本人の社会の多くの責任者たちは、社会に通用する判断基準と思っているものが、実は会社内だけで通用する判断基準であったりして、間違った判断をしてしまうことがよくあるから、不祥事が絶えず、社会を騒がせる結果となると考えています。

そのような日本人の一般的に持つ心理には、「3　両親からの影響」でも触れた河合隼雄氏の言う中空構造が基底にあると思います。アマテラスとスサノオの間に何もしないツクヨミを配しているように、空を中心とすれば統合するものを決定すべき戦いを避けられるという利点はあります。２人の神、対立するものの共存を許すモデルであるという事です。スサノオは高天原（たかまがはら）ではアマテラスを困らせ天岩戸（あまのいわと）に隠れさせるような悪さもしますが、後に八岐大蛇（やまたのおろち）を退治するような英雄でもあるのです。

しかし空を中心とすると極めて不安定で、対立するもの同士のバランスが大事になります。はっきりした哲学否定であり、思想における受動性、消極性ともなるのです。そして体系的な理論の形で、積極的に主張を押し立てていく事をしない態度になるのです。この均衡の論理は、まさに私の母親だけではなく日本人の一般的な考え方なのだと思いました。一般的な日本人には常識は存在するが、思想というような考え方は存在しないのではないかと思いました。多くの日本人の考え方が、生涯にわたり世の中の大勢であり続けるように、自分の考え方を自分が有利になるように選んで行くためには、思想を持つ事は邪魔になるのです。そこには他人に対しての恥の意識はあっても、神もしくは自分に対する罪の意識はないという事であろうと考えています。

しかしここで大自然に対する罪の意識は、日本人の方が欧米人よりあるような気がします。この事は自然に対して征服していくものか、和していくものかの違いからくるからで、日本人は恵まれた自然環境を自分の仲間として、自分も自然の中の一部として昔から感じているからだと思われます。一神教が生まれた地域では自然環境が厳しく、自然を征服しなければ生き延びられなかったからではないでしょうか。それが最近では地球温暖化や砂漠化が進み、自然に対する向き合い方、あるいは人の行動様式全般を反省させられているというのが現状で、一般的な欧米人が自然に対する罪の意識を感じているわけではないと思われます。

個人同士の間で問題が起こった時には、欧米の自我を持った人たちの間では訴訟にまで発展することが多くあります。それぞれの人が自分の判断基準に固執（こしゅう）しているので、簡単には引き下がらないのが一般的です。米国には国民一人当たりで数えると、日本の十倍もの数の弁護士がいるようです。その意味では、個人の意見の違いが訴訟にまで発展するという事で、自我をしっかり持つという事は、争い事や戦争にまで発展しやすい傾向があると言えると思います。

個人同士の間で問題が起こった時に日本では、個人の考えを主張することよりも、その場の和を大事にする考え方が世間の判断基準ですから、多くの人が自分の判断基準を主張し過ぎずに事を収めることになります。しかし実は、その解決は真の解決にはなっておらず、問題の先送りに過ぎないことの方が多いのではないでしょうか。本当にその問題を当事者間で解決しようとしたら、お互い自分の意見を出し合って話し合いをし、お互いに納得いくところまでいかないと、その問題は解決しないはずです。

問題解決の前提としては、少なくとも当事者のどちらかが成熟した自我を持っていて、その時の状況を全体的に判断してお互いが納得のいく判断を示せる人がいないと、問題の当事者間での真の解決は出来ないはずです。

この問題を先送りして、とりあえずその場の和を大事にするやり方は、組織でもよく採用されますが、組織の場合はその問題は収拾がつかなくなるまで巨大化し、大きな犠牲を皆で負担して解決するという事になります。実は一人一人がしっかりした自我を持たない日本では、あらゆる所でそのような無駄な犠牲を伴う事態が繰り返されているのです。

私は日本人が成熟した自我を持つまでに至った時は、欧米人の一般的な成熟した自我以上に、さらにその成熟した自我の上に利他的な考え方に影響を受ける人が多くいて、日本人がしっかりした自我を持っても争い事が増える傾向になるとは思いません。

その理由は仏教の常不軽菩薩（じょうふきょうぼさつ）にあるように「知識を得ても相手を軽んじるような行為は恥ずべき行為である、常に相手を敬い自分を律することが大事」といった教えが日本の文化の根底にあり、多くの日本人が子供の頃からそのような考えを尊敬出来る考え方だと無意識のうちに心に持っているのではないかと思うのです。

自我は意識の中心であり、自分の意識で考えた事を行動に移す原動力ですが、日本人の無意識の中には謙虚に相手を敬う心が大切といったものがあることが多いため、無意識をも含めた自己は穏やかな解決を望む心となって表れると考えています。

そこでよく日本人は、自己は持っているが、自我を持たないと言われます。家庭内でも会社でも、成熟した自我を持たず自己しか持たない責任者は、その構成員全体の事を考え行動するので、本人の考えを表明する機会が少なくなる事になります。

家庭内では夫が自我を持たない時はそれで夫婦円満となるわけですが、会社組織の場合はその組織が社会から改革を迫られているような時にも、責任者は本当に必要な決断が出来なくなることになります。そのような決断には、意識的に考える事を継続してしっかりした成熟した自我を持っている事が必要なのです。

日本人の役員がそのようなしっかりした自我を持たない時には、外国から救世主としてトップを迎え入れることが最近はよくあるようですが、自我を持った外国人のトップは自我を持たない周りの役員など相手にしなくなり、勝手な振る舞いをするような独裁者に変貌してしまう事もあるようです。社内の民主主義を保つためにはやはり、周りの役員もそれなりの主権を主張出来るだけの判断基準を持った自我を身に付けている必要があるのです。

世間一般で取られている事が正しい対応だとして、個々の事情を考慮に入れる意識した考えを持たないと、とんでもない過ちを犯すことになります。その一つが原発事故だと思います。欧米と違い日本の国土は地震の多発地帯です。東北の太平洋沿岸には１００年に一度程度の割合で過去に大津波が押し寄せていたのだとすれば、そこに50年近く原発を稼働させれば50%の割合であのような災害を受ける事になります。また高レベル放射性廃棄物の処理に関しても、諸外国でその処分方法として地層処分が採用されているから日本も同じ方法でよいという事にはならないと思います。欧米の国土の中には非常に安定した地層もあるそうですが、日本の地盤の中に、高レベル放射性廃棄物が安全になるまでの長い期間保管出来る安定した地層などあるのでしょうか。地中深くに埋める事で、将来マグマの上昇が確認されたりしてその移動が必要になった時、大きな困難が伴い、誤った処置方法だったという事にはならないのでしょうか。この処分方法に関して政府は、日本学術会議に答申を依頼する諮問をしているのでしょうか。

これからは自我をしっかり発揮する事で社会を良くしていく判断が出来るような、成熟した自我を持つ若い人を育てていくような学校教育であるべきだと思います。

8　企業人としての私の人生

１９８８年当時、日の丸航空の機長たちは、１９８５年８月に起きたジャンボ機の墜落事故の後遺症から立ち直ってはいませんでした。安全に徹するのは良いことですが、何でもやり過ぎればうまく運ばないことも出てきます。その一つがシートベルトサインの点灯時間となって表れていました。他の航空会社より点灯時間が長いことが報告されていたのです。

私は当時、飛行技術室の調査役をしていました。通常のフライト業務の他に、航空教室に参加したり、管制官と交流したり、民間から抜擢された外務大臣大来佐武郎（おおきたさぶろう）氏主宰のフォーラムに、他社の方たちとの交流を兼ねて１年間参加しました。

そのような業務の一つに、ラインをすでに飛んでいる一人前の乗員を対象とした教育資料の作成がありました。その教育資料は１年にわたって全運航乗務員約３千人が順番に受講していくことになります。資料の作成は私たち機長の調査役に任されていたので、全乗員に受講していただく課題にどういう事を取り扱おうかと考え、私はシートベルトサイン点灯時間の短縮に焦点を当てようと決めました。

飛行中の揺れによって乗客や客室乗務員が負傷した際には、機長はその責任を問われます。その際に、シートベルトサインの点灯の有無が一番の問題となることは間違いありません。この責任を問われないようにするために、シートベルトサインの点灯時間が長くなっていたのです。しかしこのことは、乗客へのサービスの低下を意味するだけでなく、トイレに行きたい乗客の拘束も意味します。本当の安全を考えるなら、必要な時だけにシートベルトサインは点灯されるべきなのです。

積乱雲の回避が必要な時は、積乱雲の周りには上昇気流や下降気流があるので、ウェザーレーダーや目視で回避しながらシートベルトサインを点灯させます。その判断はそう難しくはないのですが、飛行機のもう一つの大きな揺れの原因に、晴天乱気流（CAT）というものがあります。〈Clear Air Turbulence〉と言うのですが、主に冬場に強く現れ、上空の偏西風の高度による強弱の変化や風の蛇行が原因であるため、目視でもウェザーレーダーにも全く表示されません。たまに上空で雲が千切れていたりすることを見つけて風が強いことはわかっても、だからと言って必ず揺れるというわけではないのです。

また山岳波と言って、富士山のような高い山に強い偏西風がぶつかると、飛行機を壊すような強い乱気流を発生させる事があります。この山岳波は、１９６６年に富士山付近で起きた英国海外航空（BOAC）の空中分解事故で、定期航空のパイロットには知らない人はいないくらい周知されていて、偏西風の強い時には山から十分な高度差を取って飛行します。ですからCATの予測と言っても、上空の高度による風速の変化や風向の変化などが主な判断材料という事になりますが、変化が大きいからと言って必ず揺れるわけではなく、明確にCATが原因の揺れを予知出来るものはありません。悪天候予報のチャートには、冬場には日本列島全体を覆うような広範囲に、上空の揺れを示すCAT域が示される事があり、このような予報がシートベルトサインの点灯の判断基準となるのか、法的にどう解釈されるのかが機長にとっての関心事なのです。

もう一つ揺れを予測出来ると思われるものに、先行機の揺れの情報提供があります。ですがこれもアメリカのある調査報告では、同じ高度で同じ場所を通過した時に先行機と同じような揺れに遭う確率と、先行機は揺れなかった場所を通過した時に揺れに遭う確率に大きな差がないことが報告されていました。ということはCATというのは短時間で発生と消滅を繰り返す、川の急流の中に存在する渦のようなものではないかという印象を持ちました。川の中に出来る渦は川岸や川底の固定物の影響で同じ場所で発生しますが、上空の大気中では固定物が一切なければ渦は様々なところで発生することになります。このことが30年以上たった今、どれほど明らかにされているかはわかりません。

私は揺れが原因で乗客乗員が負傷する事故が起こった際にも、その揺れが予測出来たかどうかが問題で、悪天候予報で広域に乱気流が予報されていたとしても、そのことだけでシートベルトサインの点灯をしていなかったからと言って、機長が過失を問われることはないと考えました。多くの機長たちにこのことを納得してもらうには、私が説明しても年上の機長たちは40歳そこそこの若造が言うことなんかに傾聴はしてくれません。パイロットにとって経験は大きな財産なのです。そこでこの内容全てを、会社の法務部長に説明してもらったものをビデオで撮り、教育の現場で1年間流すことにしました。法務部長には快諾していただき実現する運びとなりました。

「機長の皆さんが予見出来ない揺れで責任を追及された際には、刑事においても民事においても法務部は皆さんを支援します」

法務部長は、ビデオの最後にそう付け加えてくれました。その後しばらくして社内、特に客室乗務員から、我が社のシートベルトサインの点灯時間が長いという噂は聞かれなくなりました。私の会社での仕事の仕方はそこまでは良いのですが、その後お礼を兼ねて個人的に法務部長をお招きしている席で、所属の室長が私に、

「来年度は危機管理についてエゴイスト君やってくれないか」と言われたのに、

「危機管理は機長の本分です。機長の仕事全てが危機管理ですから、何に焦点を当ててよいのか見当が付きません」

と発言して室長のつむじを曲げさせ、法務部長をも呆れさせても平気でいたのでした。

9　そして退職のお話

昨日で私の最後のフライトが終わりました。２０１２年当時は有償飛行をするための定期路線の機長の年齢制限は65歳でした。今日、65歳の誕生日から老後の生活の始まりです。有給休暇の消化が済み次第、会社を退職することになります。そのラストフライトの昨日は、私のパイロットとしての実力が試される日となりました。

これまでにも私は、ラストになるかもしれないフライトを日の丸航空の時経験しましたが、その時も台風の試練に見舞われました。２００７年、初めは60歳で、長年勤めた会社の定年を迎え、そのフライトは、定年を延長してフライトを続けるための付加健康診断を受けなければいけない直前の事でした。

定期航空路線の機長は半年に1回、体の上から下までの定期健康診断を受けさせられます。アメリカの東海岸や、ヨーロッパまでの長い飛行途中で健康の急変を起こさない事を確保するためです。付加健康診断には定期健康診断にはない項目が二つあり、それに引っかかると翌日から乗務禁止となりました。

確認の一つは脳梗塞のＭＲＩ検査で、最新の機器により、国が指定した航空身体検査医師が判定します。もう一つは心臓の負荷検査で、30分ほどランニングマシンを走りながら、１２０まで脈拍が上がる経過を心電図で評価します。かなりのパイロットがこれらの検査には引っかかりました。その付加健康診断直前の、ニューヨーク往復の最後になるかもしれないフライトで、出発の日に台風に見舞われてしまったのです。

離陸のため滑走路末端まで行く途中、滑走路と平行する誘導路で私の飛行機は止まらざるを得ませんでした。前には離陸待ちの飛行機が10機以上すでにいたのです。そこで離陸の順番を待ちながら1時間くらい離着陸する飛行機を見ていました。

滑走路に対しての強い横風と雨で、着陸機の半分近くが着陸復行（ゴーアラウンド）していました。そのために離陸機がこんなに待たされることになっていたのです。混雑時は離陸と着陸が交互に行われるのですが、着陸復行した後は離陸経路上にその機が飛んでいるため、十分な管制間隔が設定出来なくなり、次の着陸機との間に離陸機を入れることが出来なくなります。運良く風の収束したタイミングに着陸出来た飛行機も、翼端を滑走路に擦りそうなぐらい機体が傾いていていました。

いよいよ私が離陸する順番が来ました。離陸するための推力はそのジェットエンジンに許された最大推力を使い、横風に煽られないようにエルロン（機体の左右の傾きを制御する操縦翼面）を風上に取り、そのままだと機首が風上へ偏向するので、風下側へラダー（方向舵）を使いながら滑走路の中心線を保ち、離陸は風の息で速度が一時的に低下することに対処するため、いつもより少し速いスピードになるまでローテーション（離陸開始）を遅らせました。

ジャンボジェットは私の期待に応えて、そんな過酷な状況でもビクともせずに離陸してくれました。まさに大船に乗っている心境です。小さな船が波に洗われて沈没寸前のような時でも、10万トン近い大型客船は横揺れ防止機能を使ってスムーズに航海出来るのと同じようなことが飛行機にも言えます。

２０１２年9月30日、日の丸航空でのラストフライトの5年後に、いよいよLCCでの退職を迎えることとなりました。福岡を昼過ぎに出て、羽田へ午後4時頃着く予定のフライトでした。今回はもう延長の利かない私の定期路線の機長としての最後のフライトのため、孫を含めて家族が福岡から乗客として同乗していました。

飛行機は以前のようなジャンボ機ではありません。ボーイングの旅客機では一番小さなB７３７でした。私は41年ほど勤めた会社の倒産を目前にした２００９年3月、定年延長で嘱託社員としての立場だったため、赤字路線の削減の対象として最初に指名されて人員整理され、２００９年４月に小さな会社の小さな旅客機に移行していました。定期運航されている旅客機は全て型式限定という資格制度で、Ｂ７４７‐４００の資格を持っていても、Ｂ７３７‐８００に乗務するためには航空局の試験と審査を受け、新たに資格を取得しなければなりません。そのためにＬＣＣに移ってすぐ、シアトルのボーイングの訓練所で２カ月のシミュレーター訓練と試験、オーストラリアのメルボルンでカンタスの教官と機材を利用して１カ月かけて実機の訓練と試験で資格を得ました。そしてＬＣＣのラインでの路線審査に合格して初めて機長としての資格を得ました。

同じＢ７４７でもＢ７４７‐３００までと、Ｂ７４７‐４００では、開発年代が20年以上も違うため、違う型式証明を持った飛行機として扱われます。外見は似ているが新しい機体は大幅にコンピューターの機能を取り入れて、コックピットも３人編成から２人編成に代わっていて、計器類が全く違うものになっているためです。

そのＬＣＣでのラストフライトの途中、台風と紀伊半島付近で出くわすことになったのです。羽田への後続便は、その日は羽田の気象条件が悪化するためすでにキャンセルされていました。

当便の飛行計画は台風の影響を少しでも避けるため、何時もは福岡を出発してからそのまま進路を東に向け、国東半島、四国の中央、紀伊半島の中央上空から、浜松上空、房総半島を経由して羽田に向かうのですが、福岡出発後、いったんは東に向けた進路を、すぐに北東に進路をとって日本海側に出て、紀伊半島上空の台風を避けて、日本海側から浜松へ戻る進路が計画されていました。

定期路線運航では飛行計画の段階で、機長と運航管理者の意見とで安全な方を取ることになるため、運航管理者の提示した遠回りの飛行計画に、羽田に着陸出来なかった時のために札幌まで飛べる燃料は用意されていましたが、さらに羽田での待機飛行に備えて30分、余分に飛行出来る燃料を加えて、飛行計画にサインしました。

日本国中から羽田に集まってくる便が悪天候のため、その日の最終便となる時刻に当たっていて、内心は羽田への到着が遅くなればなるほど、台風の接近で着陸の時の風は強くなるとの思いが私には強くありました。福岡出発の際にはすでに、羽田の着陸のための２本ある滑走路のうち海側にある１本の条件が悪く使用が中止され、内陸側の１本の滑走路に着陸機が集中し、我々の便も遅延する状況はわかっていました。少しでも早く羽田上空に着いて、着陸の順番待ちの待機飛行に加わりたい気持ちだったのです。

福岡から離陸後進路を東に取ったところで、紀伊半島上空まで５００キロほどあり台風の状況はわからなかったのですが、ウェザーレーダーの届く３００キロほどはそのまま東への飛行が可能であることがわかり、すぐさま飛行計画を浜松への直行コースへ変更する旨無線を使い口頭で管制官に要請しました。日本国内は十分な管制用のレーダー域が全国の上空に網羅されています。私が実際に目と気象用レーダーで台風を避けるべきと判断してからでも、管制官は進路変更を承認してくれることは疑いありません。直行経路は九州空域担当の管制官から30秒ほどで承認されました。四国や東海地方担当の管制官と連絡を取っての承認です。

機が紀伊半島上空に近づいても、飛行に支障になるような雲は現れませんでした。そのまま浜松方面へ直進していると、まさに紀伊半島上空で台風の中心部を通過中と思われる地点で、四十数年のパイロット人生の中で初めての経験をしました。機内の湿度と温度が一瞬急に上昇したのです。ジェット機の巡航高度1万メートル以上では、湿度はほとんど感じないパサパサの機内です。客室内はそれでも乗客の生体が出す湿気で少しは潤っているのですが、操縦室には機内火災に備えて外からのフレッシュエアーしか入ってこない仕組みになっているため、乾燥は最もひどいのです。その操縦室内にムッとした空気が入ってきました。思わずシートベルトサインに指が伸びます。しかし機は少しの揺れを感じるだけでベルトサインを入れるほどではありません。

これから降下に入れば気流の変化の予想がしにくくなるため、少しの揺れでもベルトサインを入れることになり着陸までベルトサインを消す機会はなくなるでしょう。乗客には遅延に備えてトイレを使っておいて欲しい。そのために今はなるべくベルトサインは入れたくない。キャビンアテンダントにもその旨アナウンスする事を出発前に指示しておきました。結局着陸の15分前までベルトサインは入れずに済みました。

この飛行に関しては、台風直上通過の影響はほとんどなかった事になります。台風の飛行に与える影響は毎回大きく違います。私にとって長年の飛行経験が、この時は一番の武器となったのです。

やはり羽田は予想通りの混雑でした。大島付近と房総半島上空で、待機飛行を合計40分ほどしてから羽田への着陸のための進入を開始しました。房総半島上空から、いったん千葉北西部へ飛行してから、南西方向へ向けて最終進入を開始しました。

羽田の滑走路には、小雨交じりの強い南からの風が吹いていました。それまでは横風に対処するため機首を滑走路から風上に向けることで滑走路中心線を維持していた飛行方法から、着陸の時に機首を滑走路に正対させるため、高度２００メートルから風上側に機体を傾け、機体を横滑りさせながらラダー（方向舵）を風下側に向けて滑走路に機首を正対させ、横風成分を飛行機の横滑りで相殺させて滑走路中心線を維持する飛行方法に変えました。滑走路に機首を正対させると言っても、実際には高度２００メートルの時点では半量修正と言って方位角にして半分は風上側に残しておきます。その半分の方位角のズレは接地までの間に風の減少分で相殺され、機首は接地時に滑走路と正対することになるのです。
着陸寸前までその姿勢を維持し、飛行機の舵の効きは速度に比例するので操縦翼の効果を低下させないため、また風の息に対応するため通常より早い進入速度を保ったままで進入し、着陸とほぼ同時に一気に推力を絞り、素早く逆噴射を作動させました。少々速い飛行速度で着陸しても、強い向かい風成分のため、着陸速度は地上速度としては速くはありませんでした。こうして明日65歳を迎える私は、ラストフライトを無事に終えることが出来ました。飛行を終え、運航管理者に飛行後の報告を済ませてターミナルへ出ると、家族全員、親戚も含め待っていてくれた出発階は、フライトが全てキャンセルされて閑散としていました。

これらの仕事をやり切ったという思いは、体験価値として後の人生の大きな糧となりました。私にはもう一つＬＣＣの定期航空運送事業のステップアップとして、指定本邦航空運送事業者になるために必要な最初の査察操縦士の指名審査を受け、航空局の首席審査官とほとんどの航空会社の査察が集まる合同査察会議の月例会に出席し、最後まで民間航空業界の安全に関与し続けたという事も、最初の人生を全うしたという思いに繋がり、人生のセカンドライフを送る上で大きな影響を与えました。

思えば私のパイロットとしての45年間は、他人から見れば順調ですが、若い頃の自分にとっては初めてのことに挑み続けてきた連続と言っても過言でない気がしています。自衛隊入隊から始まり、私にとっては思いもかけない体験ばかりさせられました。

航空機関士として23歳でチェックアウトして初めてのフライトで、２人のアメリカ人機長を相手にしたハワイへの往復は、実はエンジンのオイルトラブルの他にも、ハワイへの着陸のための進入中に操縦装置の不具合があり、若い私にとって年寄りのネイティブなアメリカ人２人と対等に話をして不具合に対処するには大変な思いをしました。またその帰りには、DC―8の30シリーズ、ターボファンエンジンではなくピュアジェットと呼ばれるエンジンの付いた燃費の悪い機種に当たり、おまけに1月とあって向かい風が強く、羽田まで直行出来ずに、途中のウェーク島に寄り、自分たちで燃料を入れて合計12時間くらいかかって、ハワイのオアフ島から羽田まで帰ってきました。

そして機長になるための最初の路線審査において、翌日の新聞一面のトップに記載されるような、予期していなかったゲリラ豪雨に遭い、羽田に降りる事を断念して、いったん成田に着陸し、羽田の豪雨がおさまってから成田を出発して羽田に深夜に戻りました。１９８１年７月22日の事で、下記の情報が残っています。

「昭和56年の水害は、７月22日の集中豪雨で神田川、目黒川を中心に溢水被害が発生した。

主な被害の概要を記すと、７月22日は寒冷前線の急速な南下により雷を伴った局地的豪雨となり、雨量は品川で80mm/hr.、新宿で75mm/hr.を記録し、都区部で軒並みに50mm/hr.以上の降雨量となった。このため河川の溢水等により被害面積４７０ha、被害棟数１万３６６２棟となった」

その後も毎年１回ある路線審査は、チェックアウト月の７月頃に行われるため、毎回のように台風に遭遇しました。今でもよく覚えているのは、香港が山のすぐそばの市街地に位置していた啓徳空港（けいとくくうこう）だった頃、香港の着陸時に台風と出くわし、マカオへも悪天候でダイバート（代替着陸）出来ずに、香港に降りられなくなったら台北まで引き返すため、燃料は１回の着陸チャンスしかない状況で、滑走路に正対してから着陸まで１マイルしかない進入コースで、最終進入中に吹き下ろしのダウンウォッシュ（下降気流）に遭い、乗客の悲鳴に似た声を聞きながら着陸しました。まだ30代で若かった頃のことです。

Ｂ７６７に移ってからも、成田から乗客は乗せずに出発し、新潟から乗客を乗せて、小松を経由してソウルへのフライトで、雪雷と言って吹雪を伴う雷雲が日本海側に発生している冬の日に、新潟空港に進入中に吹雪に遭い滑走路が見えず、着陸復行して新潟に降りるのは無理だと判断し、小松空港に進入中にまた吹雪に遭い、その時は雷が機体に落ち（着陸前の低高度で機体に雷が落ちると、一瞬光の衝撃で目が眩しくて何も見えなくなります）、また着陸復行して燃料が足りなくなるので名古屋空港にいったん降りるという経験をしました。使用中の飛行機はソウル到着後、その日のうちに同じ経路で成田まで引き返すため、これから再び新潟と小松の両方を経由してソウルへ行く時間はありません。名古屋で給油と雷の被害をチェックして、もう一度乗客数の多い小松に行ったら進入開始時点では悪くはなかった視程が最終進入中にまた吹雪が悪化して着陸復行寸前の決断高度で、何とか視認することが出来着陸しました。小松でスポットインした後、しばらく足の震えがおさまらなかった思い出があります。しかしこの体験によって私は、二度と自分を追い詰めてしまうような飛行をしなくなりました。

そんな無茶をしなくなったと思えるのは、B767を3年経験し、1990年8月にB747－400に移行してからです。私は機長として10年経過し43歳になっていました。

そんな大変な経験をしなくなった原因は自分に自信がついてきたせいか、無理をしない判断が早めに下せるようになった事と、状況が悪い時にでもあらゆる方法を考え併せて、自機にとってその時に一番有利な選択を世界のどこへ行っても管制官に図太く要求出来るようになったせいでしょう。メキシコシティーへの着陸で飛行場の周り3方向に雷を伴う積乱雲が発生している中、通常の進入方向とは逆の、その時唯一飛行可能だった離陸経路側からの進入を要求して自機だけが下りる事が出来たようなこともありました。後続機があったかどうかはっきりはしませんが、その時点でほとんどの飛行機はダイバートし、他の飛行場へ回避していたようでした。

10 私が飛行機から学んだこと

私が飛行機から学んだ一番大きな事は、飛行機は真実の積み重ねで飛んでいるのだという事です。重いジャンボ機が宙に浮き、パイロットの自由に動くのも、ジャンボ機に備えられた全てのシステムが有効に働いているからです。微細なシステムが壊れても飛行に影響を与えます。パイロットは、些細な事でも忠実に決められたように航空機を取り扱わないと、その航空機の性能を１００％発揮させる事は出来ず、飛行のどこかに影響が出て、時には重大なミスとなって表れるのです。例えば横風の強い時、最終進入中に機首を滑走路に正対させる操作一つでも、翼に流れる気流がスムーズに変わっていくように舵を丁寧に切っていかないと後から必ずおつりが来て、思わぬ飛行機の動きが出てしまいます。

そのような仕事に対しての真摯な姿勢が大事だと心から感じていた私にとって、私の会社の経営は納得出来ない事の連続でした。その当時までの日の丸航空の経営者は、会社発足当時からあった、戦後民間航空の発展のために作られた日の丸航空株式会社法の影響を受けざるを得ない立場に置かれていました。１９８７年、日の丸航空株式会社法の廃止法が施行され、日の丸航空は完全民営化しました。１９５３年の日の丸航空法施行以来、日の丸航空は政府から出資を受ける半官半民の特殊法人だったのです。

そのため本来であれば日の丸航空法廃止以降は、経営者は一民間企業として独立して経営を実施するべきでしたが、実際には政府関係者や運輸関係の族議員の意向を一番に慮る経営が続いたのです。それら政治家たちの意向の中には、日本の国益を考えての海外路線就航の要請もありましたが、政治家一個人としての要請もあったのです。赤字路線の拡大を維持する理不尽な経営姿勢を変える事が出来ないまま、破綻へと突き進んでしまいました。社員のほとんどは半官半民の特殊法人の時に身に付いてしまっていた、頑張って努力しても黒字になればなるだけ赤字路線を政府関係者から押し付けられるといった考えから抜けきれないままだったのです。また政府関係者も民営化後も半官半民だった時と同じように、赤字路線の運航を日の丸航空に強要してきました。経営者はそのような要請を受け入れた経営を続けていく事になったのです。

経営者がしっかりした自我を持った存在であれば、しっかりした判断基準で必要な判断が下せると思うのです。また各部署のそれぞれの長たちも、しっかりした判断基準を持っている成熟した自我を持っていたなら、民営化後は経営に対する考え方を変えなくてはいけないと判断出来たはずです。日本の創業者のいない大企業の役員のほとんどは、このような企業風土を変えなくてはならないような大きな問題を解決することが大変苦手なのです。理由は一人一人の役員がしっかりした判断基準を持った成熟した自我を、信念を持っていないから、必要な判断が下せないのです。その会社経営の主権を社員と株主から、また時には債権者から付託されているのだという意識などないのではないでしょうか。

欧米では組織の責任者の必須条件は、嘘をつかない人間であることと伺っています。しかし日本では、創業者のいなくなった大企業の責任者になれるのは、その企業内で派閥を制し、そのためにその時に応じ変幻自在に言動を巧妙に変化させ、目の前の問題を上手にさばくことが出来る人のようです。

ちなみに日の丸航空の破綻と再生の道筋を追う事で、正しい経営判断が行われなかったツケをどのように関係者が払わされる事になったかをつぶさに見る事が出来ます。
経営悪化の背景には、日の丸航空が国策企業からの企業風土を改革出来なかったほかにも、1995年頃にアメリカ合衆国で提唱された、航空自由化に端を発する格安航空会社の新規参入がありました。米国では大手航空会社の経営危機がひと足早く表面化し、多くの航空大手は倒産処理をして再建の道を歩んでいました。

日の丸航空の破綻処理は、２０１０年１月、政府関係の支援機構に再生支援を申請し、支援機構は支援を決定します。すでに政権内では新興大企業の創業者であるＩ氏をトップに据えて再建を図ることを内定しており、Ｉ氏は翌２月にＣＥＯに就任しました。

破綻処理と再構築

日の丸航空はすでに２００９年度に、国際線で13路線、国内線で20路線を不採算路線として運休していたが、それに加えて２０１０年度、さらに国際線で15路線、国内線で30路線を運休することとしました。これにともなう人員整理は募集した希望退職の人員に達しない場合、リストラの対象としたパイロットや客室乗務員には白紙の勤務シフト表を渡して希望退職に応じるまで退職を促す面談部屋への出勤を義務づけるなどの措置で削減目標を達成しました。最終的には、日の丸航空グループ４万８千人の従業員のうち、３分の１にあたる１万６千人が退職した事になります。

出資銀行の債権放棄も行われ、具体的な債権放棄額の協議はＩ新ＣＥＯの下で進められることとなり、結局２０１０年７月に３千８３０億円での合意は85％を超える債権放棄となりました。これに社債約１千億円などが加わって、債権放棄要請額は総額で５千２１６億円です。多い時は１兆円を超えていた株式時価総額はゼロとなり、株券は紙切れとなりました。

支援機構からは 3千500億円 の公的資金を注入し、新たな経営資本とする更生計画がまとまります。

再上場

2012年9月、日の丸航空は再上場を果たします。初値は想定売り出し価格を20円上回る3千810円、時価総額で6千900億円でした。

その後もI氏の経営哲学の良い影響の下、経営は刷新され2011年以降2018年までの8年間の決算では、営業利益を毎年1千800億円ほど計上し続けています。

そのI氏の経営哲学は、誠実さ真剣さを自らの行動で示すような創業者としての真摯な態度です。I氏は新興大企業の創業者であり、その後も通信会社を創設しています。I氏は日の丸航空フィロソフィの策定などで積極的な社員の意識改革に取り組み、日の丸航空の改革を実行出来たのです。

良き社会人を作るためには、個人的な学生の努力や勉強も大事ですが、学校教育の基本に各学生の自我を育てるために、学生に対し日頃から彼ら自身の考え方を問い、その考え方の対案を示すなどしたり、学生たち同士で討議をさせたりし、小学生の頃からその事を繰り返すことでしっかりした判断基準を、そして信念を持つ成熟した自我を育てていくような教育がこれからの日本に待望されているのではないでしょうか。

最後に私がＬＣＣの査察操縦士として、２０１２年当時国土交通省のパイロットの首席審査官の提唱で毎月開かれていた合同査察会議の月例会に提案した審査要領の改定案の一部を記させていただいて、本章を終わることにしたいと思います。

なおここで記載されている機長の審査とは、定期運航を行う事が出来るための資格試験に合格した後に、各航空会社の定期路線を飛ぶにあたって機長に必要とされる審査を意味します。航空会社の機長はこの認定審査に合格して初めて、定期路線を機長として飛ぶ事を国交省から認められます。資格試験は一度取得すれば一生その資格はありますが、審査はその後も毎年1回、技量の確認のための技能審査と、総合運航能力確認のための路線審査を受ける必要があります。

機長認定・定期審査を考える　ＬＣＣ　査察操縦士

審査は機長として必要な知識及び能力を供えているかを判定するためにあります。航空運送事業で働く機長に必要な知識及び能力とは、どのような状況下でも危険を避けて安全運航を堅持出来る知識及び能力と考えています。安全運航を堅持出来る知識及び能力にはどのような要素が必要とされるのかを考える必要があります。

審査評価は以前ＡＢＣＤとして主にTechnical Skill（技能）を評価判定していましたが、長い航空事故の歴史の中で現在のような評価方法に変わってきました。

その理由は、航空事故を起こさない機長の評価判定としてTechnical Skillの評価判定だけでは不十分だという事が明らかになったからです。

現在の技能審査における機長個人の知識、操縦技量、取り組み姿勢の能力の確認は、安全かつ効率的な運航に必須な基本的要素です。路線審査における機長としてのManagement（管理能力）が如何に運航全般に発揮されるかという運航管理能力の確認は、状況認識に基づく計画、判断、指揮統率にあります。口述審査は実地審査と補完関係にあり、求められる技能や、運航管理能力の実地で評価出来ない内容を口述で補う事により、記憶、理解、応用に分けた知識の確認をする事が出来ます。

以前私が勤務していた航空会社でも１９７２年当時に連続事故が起きました。当該事故の機長の多くが、審査の評価がＡであったと私は先輩の査察操縦士から聞きました。事故の原因に「優秀な機長に対して何も言えないOther Crew（他乗務員）」という実態が浮かび上がってきて、Crew Resource Management（人的資源の有効活用）、そしてLine Oriented Flight Training（実践的飛行訓練）が重要視されるようになりました。

事故当時は大多数の機長の審査評価はBでした。評価Cの機長たちはその時点では誰も連続事故に関わっていないとも聞きました。この事例はいわゆる大事故であるFatal Accident（死亡事故）のケースです。昔評価AやCであった機長たちは、現在の審査ではどう評価されているのでしょうか。

最近の報告にある航空事故やIncident（事故に繋がる潜在的事例）は、Technical Skill（技能）やCognitive Skill（認知能力）あるいはInterpersonal Skill（対人能力）が十分であれば防げたケースが多いようにも見受けられます。

しかし私たち審査をする者はそれらのSkillを支えているPilotの基本的な資質（高品質な運航を行おうとする取り組み姿勢や意識）を抜きに審査して良いとは言えないと考えています。審査は飛行の安全の最終責任者として機長の任務である安全運航遂行能力を審査する必要があります。本当に審査に必要な要素を洗い出すにはあらゆる事故やIncidentの原因をStudyする必要も出てきます。しかしここでは僭越ですが私なりに考えてきた事故防止のための審査のあり方と、その考えをもとにした審査のために必要と考えている要素を報告させていただきます。

① 審査の判定の際にATTITUDEである8要素を反映させる。

事故を起こさない観点から考えれば、以前からある、「運航乗務員の技量評価（技量の枠組みと概念)」にある、ATTITUDE（取り組み姿勢）は重要な要素と考えらます。

しかし現在の審査報告書ではその事がはっきり反映されていません。

運航審査官及び試験官の評価も、１９９6年3月より操作技術「知識、手順、操作」、総合能力「状況認識、計画・判断、協調・統率、規則」の7項目に整理されています。

そのためか、実際の審査のなされ方の中には、まだまだ科目の評価だけを基に総合評価、総合判定を行ってしまっている例を多く見聞きします。

Simulatorの技能審査で、幾つかの科目が判定基準から逸脱したことを根拠に、審査が打ち切られてしまう。

審査報告書の科目の評価をAircraft Operation Manual（航空機取扱説明書）などの規定だけに照らし合わせて考えてしまう。

前者では審査全般を通じて被審査者の安全運航遂行能力を評価判定することにならないし、後者では被審査者の持っている知識の質とその人が持っている知識や経験が作り出している運航の品質を見抜くことになりません。どちらも技量偏重の審査の域から脱却していないものと考えられます。

高品質な運航を行うための取り組み姿勢・意識。前記の7項目を獲得・発揮する上で土台となるATTITUDE（取り組み姿勢）の8つの要素。

〈MOTIVATION〉仕事に対する熱意　前向きな姿勢。

〈EMOTIONAL STABILITY〉情緒安定性、感情を適切にコントロールし、冷静に行動しようとする意識。

〈DICIPLINE/LAW-ABIDING〉規律性／尊法性、操縦手順について確実性、ルールを尊重する姿勢、諸規則、諸規定のルールを尊重する姿勢。

〈CONCEPT OF SELF MANAGEMENT〉自己管理意識、自分のことは自分で行うだけでなく、常に現状に対してどのように言動することが良いのか考えていること。

〈ROLE AWARNESS〉役割意識。

〈SAFETY CONSCIOUSNESS〉安全を守り抜こうとする覚悟、意識。

〈CUSTOMER AWARENESS〉顧客意識、安全を第一義として乗客への配慮が求められる。

〈COST AWARENESS〉効果、効率的に運航する意識。

現状の審査において、審査で被審査者が行ったことはAircraft Operation ManualやOperations Manual（運航規程）、審査要領8条にある要素に照らし合わせ、操縦技術と総合能力にある7項目について審査することになります。しかし現在では多くのＬＣＣが起業してきており、また既存の航空会社でも今まで以上にCost意識を強く求められるようになってきており、それぞれの会社の安全文化の相違から安全運航の最終責任者である機長が必要とされている知識及び能力の確認は、今まで以上に重要になってきているのが現状で、審査における評価要素は7項目だけで十分とは言えないと考えています。最終的に安全の確保を求められている機長の審査には前記ATTITUDEにある八つの要素は重要な総合評価・判定の際の判断基準であると考えます。

② 現在立会人とされている査察・審査操縦士の機長認定審査への積極的参加。

人を評価判定する上で重要な視点は全体像（信頼感）の把握です。

なぜなら、その人の仕事にはその人の人格（その人の物の考え方や行動に反映する人間としての在り方）が反映されており、どれだけの人格を持ってその人が仕事に取り組んでいるか把握する事が、信頼感の把握に繋がります。そのためには審査全般を通して被審査者を評価判定する事。枝葉末節（科目の瑕疵（かし））をそのまま総合評価・判定とすることのないように努める事。審査では安全運航の最終責任者としての機長の資質をも含む能力を見極めることが必要と考えています。しかし一人の人間の全体像（信頼感）を1回の数時間の審査で把握することは大変困難な場合も出てきます。

このような時には審査（試験）終了後、審査全体を考えて被審査者の評価判定を行うためにInterval（時間的間隔）を設けます。この際にATTITUDEにある8要素を照らし合わせて被審査者の審査の場で選択した言動を考えてみることは大変有意義です。

現在、審査要領細則では1―2―5機長認定において、査察、審査操縦士は法で必要とされる立会人ですが、査察・審査操縦士の機長認定審査への積極的参加による話し合いの時間をその中に設けていただき、客観性の強い評価・判定を行うための習得の場とさせていただければより好ましいと考えています。このことは一部の審査官は実施されています。

また、勝手な思い込みや、先入観等からくる間違った評価の入る余地をなくす必要もあります。

何らかの確証を得たケース以外はATTITUDEの要素のみでの不合格や不可の判定は控えるべきと考えています。審査は慎重に行われなくてはなりません。実際は審査する立場の人間は教育等にかかわったかなりの経験も必要とされます。

③　その上で、各々の立場で審査報告書に反映させていく。

合否の判定はその時点で被審査者に伝えることとするが、報告書の提出は翌日以降とする。理由は被審査者から感得した要素を審査報告書に出来るだけ忠実に反映させるには、一定の時間の経過が必要と考えられます。

④ 技能審査報告書、技能審査としてみなすことの出来る報告書は、路線担当の査察・審査操縦士にそれぞれ引き継ぎを行うこと。

⑤ 機長認定審査の場は、査察操縦士、審査操縦士にとっても、審査の判定の見極めの標準化が行えるよい機会です。被審査者にとって審査を行う人間の間で判定に大きな差があることは大変不条理なことです。一般乗員にとっては納得のいかない乗員人生を送ることにもなりかねない事柄です。ぜひこの機長認定審査の機会をとらえて審査する人間の間での評価、判定に大きな差をなくす努力もしていきたいと考えます。

⑥ いずれの報告書も総合判定は合格、不合格、総合評価は良、可、不可、とし、それ以外に、審査、試験にある要素以外の不具合要素を、被審査者から感得した際の要観察項を設ける。

要観察項にチェックがある際は、各事業者は運航管理部門、健康管理部門、産業医等が協力して被審査者の管理に当たる。

要観察項に該当する要素とは、審査、試験の評価項目、判定要素以外の被審査者の不具合要素全て。

11　現在の日本で大人になることの難しさ

西洋社会で大人として認められるとは、自我が確立している事です。前にも述べたように学校教育の時から自分の責任は自分で取ることを、身を以って体験させられていく厳しさにより、信念を持てるまでに自分の判断基準を成熟させてゆく事です。

日本社会で大人になるには実はもう少し厄介な作業が必要で、自分を確立する前に他を受け入れる姿勢が相手にわかるように表現されている必要があります。この事さえ出来ていれば、日本では通常の社会生活は大きな問題が起きない限りはやり過ごしていけます。

その上で問題が起きた時にでも対処出来るような自分の信念を作り上げるように、しっかりした判断基準を持つ自我の確立が本当は必要となるのですが、日本の社会で皆が集団で同調しているような時に空気を読まずに、または相手の思惑を無視して自分の信念を押し通すと、私が経験してきたような周りからの仕打ちは覚悟しなければなりません。

逆に他との協調さえ出来ていれば、本人にしっかりした考えがなくても周りに合わせて行きさえすれば社会は渡っていける事になります。しかしその人には自分自身があるのでしょうか。アイデンティティーを持てないという事です。

実は「3　両親からの影響」で出てくる、朝礼の時私を殴るように仕向け、その後母親の過干渉も影響して結婚も出来ず仕事も長続きしない友人の話は実際にあった例ですが、複数のクラスメイトとの経験をもとにしての私の編集が施されています。

なぜ彼は朝礼の時後ろから殴るようけしかけたり、いつも小刀を持ち歩いたりするようになったのでしょうか。そういう卑怯な人間になるきっかけは、子供が成長する過程で自分の思うようにならない体験からくると思うのです。過干渉な親を持つと、自分の意志や感情、考え、価値観を否定され、色々と指図されるようになります。何時もそのようにされていると、子供は次第に自分の考えを持とうという意欲が持てなくなります。自分で考えても全て否定されることにより嫌気がさしてきて、仕舞いには自分で建設的に考える事をやめるのです。その結果、親に教えられた世間並みの無難な生き方は出来るけれど、自分で道を切り拓くことは出来ませんし、継続して一つの事に打ち込むことも苦手になります。自分の意志が持てないわけですから、無理もありません。そういう弱い人間は、親からイジメられているわけですから、そのはけ口として他人を利用して第三者をイジメるようになるのです。

ですから私は、過干渉する親は子供をイジメているのだと考えています。子供の成長期に大事な子供の自主性が育っていくのを阻み、真の自立を邪魔しているからです。

自分自身のない子は、社会に出てからもイジメにも弱いと思います。学生時代ばかりでなく、幾つになってもあなたの周りにイジメる人間は存在します。イジメる人間というのは、本当の意味では自由を手にしていないためにいつもはけ口を求めていて、それがイジメや過干渉となって表れるのだと思います。イマニュエル・カントが言うように、自分の傾向性（習性となった感覚的な欲望）で生きているうちは本当の自由は手に入れている事になりません。喉が渇いたから水を飲むとか、おなかが減ったから食事をするというのは、自由ではなく動物もしている本能に過ぎません。気に食わない相手をイジメるというのも、やはり動物もすることではないでしょうか。人間の持つべき本当の自由とは、自分で正しいと考えた言動が、社会の多くの人が普遍的に正しいと思える言動と一致するように自分の理性で考えられるようになった時に初めて手に入るものだと思うからです。

でもイジメをするような弱い人間は保身術だけには長けていたりして、会社ではあなたの上役になっている事もあります。そういう人間があなたをたまたま気に入らない奴だと思うと、イジメてくるのです。相手に勝手な理屈はあるでしょうが、あなたに自分の考えがあれば無視出来る程度のものであるはずです。でもあなたに自分自身、自我、アイデンティティーがないと、そんなくだらないイジメにも悩むことになるのです。

だから自分自身を持ちなさい。そして出来れば本を読み、物事を自分で考えて、自分の判断基準を磨いて成熟した自我を確立して、降りかかる様々な災いから切り抜ける力を養っていって欲しいのです。そして自分に自信が出来れば、イジメられても相手を馬鹿な奴だと思うだけで、相手に対する反応はたぶん最小限になり、相手は面白くないと感じるでしょう。そして周りの人間も、次第に相対的にどちらが利口かわかってくる結果になります。あなたはそんな人間に振り回されないことになるのです。

違う災いの例として、多くの人が経験することになる交通事故を起こしてしまった時あなたはどう対応するでしょうか。日本流に考えればお互いさまという事でそれぞれの責任で対応すればよいようですが、利害が絡むと相手を責める方向で自分に有利に事を運ぼうとする人間も多いのです。

日本では事故の対応において、母性社会の『場の倫理』としてのお互いさまという判断基準と、父性社会の『個の倫理』としての是々非々(ぜぜひひ)の判断基準のせめぎ合いが、当事者にどう解決すべきかの判断のよりどころを迷わせる事態が生じるのです。そこで今では、事故の後始末は保険会社に一任することになるのが一般的になっているようです。日本では事故の対応は、相手により難しさが伴うからです。

私はロンドン・ヒースロー空港で、他の航空会社のパイロットから地上で誘導路を移動中に自分の前に割り込んだと苦情を言われたことがありました。私の乗っていたジャンボの操縦席は2階建ての2階席に位置しているため、車でいえば大きなダンプカーの運転席に乗っているような感覚です。苦情を言ってきたパイロットの飛行機には見覚えがありませんでしたが見過ごしていることも考えて、「アイ・アム・ソーリー」と謝っといてくれ」と、ロンドン空港支店の運航管理者に言ったところ、「そんなことを言ったら面倒くさい事になる。絶対やめた方が良い」という助言を貰い、「私の方に優先権があったので先に行ったまでの事だ」という事にしてケースクローズ、一件落着しました。

まさに相手を受け入れる姿勢など一切見せず、はっきり自分の判断基準を相手に表明するのです。この例を日本の車の事故で応用したらどうなるでしょうか。たぶんほとんどの相手は感情的になって、抱えなくてもよい厄介を抱え込むことになりかねません。

そこで前にも述べたように、学校教育の現場では、社会一般で正しいと思われている対応をあなたも取りなさい、学校はあなたたちを社会に受け入れられやすい人に育てる責任があるのです、あなたに特別な事情があってもそれはあまり表に出さないように振る舞い自分の個人的な事情を振りかざして自己主張し過ぎないようにしなさい、といったことをまず教え込むのです。

本当はその上であなたは、是々非々のしっかりした判断が出来る成熟した自我を作り上げてゆかねばならないのです。ところがこちらの方は学校では実はあまり教育されることはありません。あなたも学校生活で、あなた自身の考えを問われるような経験はなかった事と思います。社会一般にはこのように考えられているという事を学ぶだけです。本当に生徒一人一人に自分の考えを持たせようと思ったら、一般的な考えの他に対案を示して、あなたはどちらが正しいと思うか考えさせ、生徒同士で討議をさせ、その上でまた違った考え方もあることなどを示して生徒たちを考える事に導いていかなくては生徒に自分の考えを持たせる事は出来ないと考えています。しかし偏差値を重視する受験戦争の中で、このような一人一人の生徒に判断力を持たせていく授業を私は日本で行われているところを見たことがありません。

10年ほど前にハーバード大学があまりの人気に公開授業に踏み切ったというマイケル・サンデル教授の「正義」の授業は、学生に判断力を持たせていく理想に近い授業だと思います。政治倫理の授業として行われているこの授業は、正義に関し様々な考え方を提示し、学生たちに自分の考えを表明させ討議させていく中で、教授が正義に関する新たな考え方を提示して学生たちを深い考察へと導いていきます。その過程で学生たちは授業という実体験の中で、様々な事を学び身に付けていく。さらにその中で、学生同士の討議が感情的になって相手の個人攻撃になっていくようなことも体験していく。そのような体験を通して学生たちは議論の仕方を実体験し、倫理を学び哲学を学んでいく。米国でこの授業を理想とするような、子供たちに考えさせ、討議させ、感情的な体験もさせて、学生の自我の成長に結び付けていく授業が、小学校の頃からどの程度行われているのかは知りません。しかし、このような授業が日本でも行われるようになることを、私は期待せずにはいられません。

小学校の時から欧米では落第があるということを振り返ってみましょう。日本ではご存じのように年齢主義として扱えば一番簡単に結論が出る扱い方で、義務教育の間は落第はありません。欧米でも国によって些か差があるようですが、基本的には西洋の落第は、フランスのように小さいうちから自分が勉強をしなかった責任を自分で取るという事を学ばせるために必要な体験としてなされているという事が出来ます。しかしイギリスでは日本と同様に、義務教育のうちは落第はあまりさせないようです。しかしこれは教育制度の違いからくるもので、イギリスの場合は16歳で義務教育修了試験（ＧＣＳＥ）を受けなくてはいけません。両国の発達した教育制度に関して素人の私としてはこれ以上触れたくないので、ここからは二つの国の王室の民衆への対応の違いを見ながら考えてみましょう。

フランスの王室は、フランス革命の時民衆によって葬られました。革命当時何回かにわたりフランスの王室は民衆と敵対してしまっています。

イギリスの王室は何度にもわたりその時の対抗勢力に譲歩を繰り返し、少しずつ権限を譲り現在のエリザベス2世の維持に繋がっています。20年ほど前のダイアナ妃の葬儀では、エリザベス女王がダイアナの棺に頭を下げたことで話題になりました。国民に人気のダイアナ妃に彼女は頭を下げたのであり、言ってみれば大衆に対してなされた行為だったのです。

世界のトップレディーと目されているイギリス女王は、実は日頃から大衆が女王に持つ感覚に大きな違和感を与えないように気を使っているのです。ダイアナ妃の棺を女王の隣で見送った妹のマーガレット王女は、生前のダイアナ妃には頼りにされた存在と言われていましたが、棺には頭を下げなかったそうです。マーガレット王女に限らずイギリス王室の方々は恋愛関係に奔放な自由な考え方を持っている方が多いように日本人である私には見受けられます。エリザベス女王の伯父エドワード8世も、既婚歴のある女性との結婚のため王位を弟に譲っています。そこには自分の人生は自分で決めるという意志が感じられます。ご自分は大衆に受け入れられやすい対応を常にとっているエリザベス女王も、王室一族の自由な振る舞い、自由意思を受け入れています。この辺りまで見てくると、イギリス王室にはイギリス人としての大人の在り方があるのだと、少し見えてくるように思います。

イギリスもフランスも基本的には父性社会です。勉強する子もしない子も同じように扱う事が良いわけでは決してありませんし、王室のメンバーだからといって個人の自由な振る舞いを受け入れないわけでもありません。

しかしイギリスとフランスの違いは、3人の女王を見るとわかるような気がします。乱費と民衆蔑視によりフランス革命でギロチンに掛けられたマリー・アントワネットとは対照的に、「私は見る。そして語らない」と言ったというエリザベス1世と、イギリスに植民地帝国の時代をもたらしたヴィクトリア女王です。イギリスは2人の女王の時代、繁栄しています。

このお話で私は中国の正史『三国志』にある『魏志倭人伝』に記された卑弥呼を思い出してしまいます。彼女も周りの国々の男の首長たちの中にあってその中心に位置し、事実上は何も語らなかったのではないかと思えるのです。そしてその時代の安定と繁栄をもたらしたのではないでしょうか。私はイギリスに他のヨーロッパ諸国にはない母性性の維持を感じています。その事がイギリス王室とイギリス連邦の維持に繋がってきているように感じるのです。

世界のどの国々も母性性と父性性が入り交じってその社会を構成しているのですが、その交じり合い方が日本とイギリスは似ているように思うのです。戦前まで有効だった日本の家制度とイギリスの限嗣相続制度（爵位と家督を一人の男子だけに相続をさせる）も似た考え方です。この男子優先の相続権を存続させた日本とイギリスの似通った制度が、なぜ作られたかは一考に値します。私はその理由が両国とも母性性が強いため社会の中で父性性を適正に取り入れる必要があるために作られた制度だと考えています。

しかし教育面での日本との明らかな違いは、イギリスにはパブリックスクールに代表される全寮制の中高一貫校が多くあり、その存在は一流社会への登竜門と言えると思います。イギリスの多くの少年少女たちは、12歳の頃に親元を離れることで、母性からのはっきりした精神的離別を経験することになるのです。そしてそのような教育習慣を一流の家庭はするものだと、一般の親たちから捉えられているのです。

私は、日本は島国で敵の進入を防ぐ海があったため、そして温暖な気候に恵まれていたため、母性社会のままで生きてこられたのだと考えています。

他の国々はどこも基本的には陸続きです。ヨーロッパ、中東、アフリカなど、どの地域も昔からよそ者の侵入と戦わざるを得ない状態にあったため、父性社会になっていくしか生き延びられなかったのだと思っています。

ですから「7　長女の交換留学中のホストファミリーの離婚」でも少し述べましたが、宗教にもその違いが表れて、大乗仏教の教えのように悪人も善人も平等に救ってくださるという母性宗教が生まれ、一神教の教えのように個人の在り方により神が天国へ行く人間を決め、悪人は切り捨てられるという父性宗教が生まれました。

母性とは、人が生まれ育つ際に必要な赤ん坊の頃に与えられる母の愛情に一番端的に表れるものです。そのようにして育ってきた子供を、ある時期から母性から切り離して社会に出る準備をさせるのが父性です。母性社会では皆が同じ事が良いので、個人は尊重されにくくなります。父性社会ではよそ者と対峙するため適切な判断が大事になって、個々人にしっかりした物の考え方が必要とされ、優れた者とそうでない者がはっきり区別されるようになります。一人一人の責任を問われる厳しい社会です。

　読者の皆さんは、私の育ってきた家庭環境をどのようにお考えになるでしょうか。私は、日本の家庭としては一般的ではない父性の強い家庭で育ってきました。私の年上の従姉（いとこ）たちは、「あんなに厳しくされているのに、父親の事が好きなの？」と不思議がっていました。しかし私は、父親を乗り越えていく事が出来なくては、社会に通用する人間にはなれないと思っていたので、私にとって父親は最初の関門でしかありませんでした。

　それが最近、私の身近な家庭を見ていると、母親の母性を断ち切る役目の父性を発揮すべき父親の影が薄くなり、子供たちがいつまでも自立出来ずにいる事が気になります。

　児童の発達心理学の専門家の意見にも、日本の家庭内での母子関係の緊密化と、父親の家庭からの阻害が問題になっている事が見受けられます。

　だからといって、シングルマザーの家庭が父性の愛情に欠けていると言っているのではありません。シングルマザーでも子供の育つ過程で母性中心の愛情から、父性を重視した愛情へ適切に切り替えていく知恵を持った母親は多くいると思います。大事なのは、母親が自分の子供に対する愛情を、授乳するような気持ちの母性的愛情から子供の成長に合わせて切り離し、子供の自主性を育む、見守る愛情へ移行出来るかどうかなのです。

私も同様ですが、皆さんも子供の頃ある時期に、「母親殺し」と「父親殺し」を経験されたと思います。もちろん本当に両親がいなくなったら困るはずですが、子供たちは精神的に自分の心に覆いかぶさっている両親は抹殺していかないと自立出来ないという事です。中には口に出してしまう子供たちもいるようですが、私は彼らの気持ちがわかります。

よくテレビドラマで、絵に描いたような良い子ばかりが育った家庭、親子関係が演じられていますが、私はそのようなドラマは実際にはあり得ない事だと思っています。どんな子も、自主性を身に付け自立する過程で、前述のような精神的葛藤を経験するのが当たり前なのです。私も見ていて心温まる思いはしますが、そのようなドラマを真に受けて我が子に期待したら子供は自立する事が出来なくなり、「母性社会の永遠の少年少女」となるしかないのです。

私は母性と父性は一人の個人の中にも同居していると思います。私の場合は意識の上では常に父性を優先させて物事を是々非々で割り切って考えていますが、人間関係に影響するような場面では、私の無意識の領域に住んでいる日本人としての母性を大事にしています。そのようにすることで、私は心のバランスをとっているつもりなのです。

母性社会である日本社会の本質を考えるために、ここで日本の皇室と国民の関係をイギリスとの比較で考えてみましょう。イギリスといえども何度にもわたり領土自体の変遷を経験しています。ユナイテッド・キングダムはイングランドとスコットランドとウェールズと北アイルランドという国々が併合して作られました。その変遷に伴って王室もそれぞれの地方の国民に受け入れられるように婚姻が考えられ、また常に近隣諸国との関係の均衡策のため王室の婚姻が考えられてきました。従って血筋も複雑に入り組んでいて、国民との関係にも一定の緊張感が常にあることが感じられます。

日本はご存じのように万世一系の天皇です。そしてSNSで調べると、日本人の名前の多くはその祖先が天皇家に由来したり、天皇家と婚姻関係を繰り返した氏族に繋がっています。皇室は国民全体の「オリジナルファミリー総本家」といった位置付けというのが、多くの国民が抱いている感覚だと思います。ですから天皇陛下は国民の幸せを願い、祭り事を行い、天皇家の祖先である天照大神に国民の安寧を祈ることが一番大事な役目と考えられているのだと思います。マッカーサー元帥が昭和天皇と会って自分を犠牲にしてでも国民を守ろうとした態度に驚かれたという話がありますが、天皇陛下にしてみれば自分の家系の子孫同然の国民の幸せを願うのは当然の事というのが自然な受け止め方でしょう。

この国民全体の成り立ち方が、日本の母性社会を決定付けていると私は思っています。日本人全体が天皇家を中心とした一つの家族という受け止め方が出来る状況というのは、仏教の教えとも呼応して、日本を母性社会と位置付けるにあたって決定的な事でしょう。

その母性社会の中で大人になるには、社会の中で自分を抑えて他と協調していく在り方を求められてきました。特に男性は家制度の下で、戦前までは無意識のうちに主権は家にあると考えて、自分の身の振り方を決めてきた節(ふし)が感じられます。他との協調と言っても実際は属している組織の事を第一に考えるべきという事が無意識に植え付けられていたのだと感じるのです。

女性は、戦前までは忍従するという在り方を求められてきたわけです。戦後も男性に対する組織の事を第一に考えるべき、そのための他との協調はそのままですが、女性に対する忍従の方は、民主主義と相容れないので個人の意見が尊重されるようになりました。しかし女性は今までは組織の事を第一に考え、他と協調をする事はあまり求められてこなかったため慣れておらず、組織の中ではっきりした主張をなすことになり、今まで通り協調を重んじている男性社会の中で、受け入れられない経験をしていく事になったのです。これらの事が女性の社会進出を推進する上でも、足枷(あしかせ)の一因となっているのだろうと思われます。

このように考えてくると、やはり個人の尊重よりも属している組織への忠誠、そのための他との協調の重視に問題があるように思えます。女性の社会進出ばかりでなく、子供たちの自立を阻んでいる原因ともなっている身の回りの組織の重視、他との協調の重視は、物事の本質を捉えることも阻んでいるのです。

子供は親の持つ世界観に影響されて、親から見て良い子に育つことになるのが一般的です。それが青年期に差し掛かる時に大いに揺れ動き、新しい自分なりの世界観を持とうとするようになり、親への反抗や、家出などという形になって表れると、親も子も一つの危機を迎えることになります。

親の持つ世界観と言いましたが、一般的に日本では、それは他との協調を重視した世間に受け入れられやすい考え方です。周りの空気を読める人間にならなくてはダメだと親から教えられた、と平気で言う人たちがたくさんいます。空気を読む人とは、別の言い方ではわきまえている人でしょうか。それとも長い物には巻かれろという事でしょうか。周りの人から良い子と思われるようになるという事です。その時、子供の自主性は見過ごされる事が多いのです。しかし子供が自立していくためには、自主性を育んでいく必要があります。そうでないと子供は自分の考えを持ち、自分を信頼し自信を持った人間となっていく事が出来ません。

それが社会との協調を重視され過ぎると、子供はその要請が自分にとっては多様であるためどうしてよいかわからず何時までも自信が持てないことになり、「母性社会の永遠の少年少女」となっていく事になりかねません。

私が育った昭和30年代は、戦争への反省から民主主義が人々に意識され、私のように個人の尊重を社会との協調より優先する少年を認めてくれる大人が少なからずいました。私の中学の時の担任は小学生の子供を持つ女性の英語教師でしたが、そんな私を認めてくれ、時には庇ってくれました。

しかし今はどうでしょうか。人々は民主主義など当たり前と思ってはいますが、現在の日本社会の民主主義と思われている常識は、民主主義が生まれた国々である欧米の父性社会の民主主義とは違います。日本では自分より自分が属している組織を優先して考える事や、周りとの協調性を個人の考えより重んじる事が常識ですが、欧米ではそれは全体主義に繋がる考え方という事になります。そして日本人が組織を優先する考え方を当たり前とするところまで進めてしまっているという事は、それが常識ですから、誰もが意識しなくなる、考えなくなるという事です。

現在の日本では、個人が社会の犠牲になっているところをよくニュースなどで見かけますが、ほとんどの日本人にとってはそれが常識なのです。ですから最近は私のように個人の尊重という事で自分の幸福の追求を周りの事より優先していると、非常識という事になることが多いように感じます。組織を優先する、または周りとの協調性を個人の考えより重んじる母性社会の民主主義が常識ですから、それ以外は非常識となるわけです。そこに思想は感じられません。社会の常識、多数意見があるだけです。個人個人が自分で物事を考えて、しっかりした判断基準で対応出来るためには、社会の常識を受け入れるだけではだめなのです。「2『君たちはどう生きるか』からの大きな影響」でも述べたように、周りの皆が、あるいは上司が言っている事でも、自分が間違っていると思ったことははっきり拒絶する信念、あるいは思想を一人一人が持っている必要があるのです。そうでないと少数意見に新たな真実を見出すことも、人類の複数性を受け入れてユダヤ人やアイヌ人や韓国人の文化を受け入れる事も出来ないのです。集団を優先する考え、それは自分たちと違う人を認めずイジメる事にもなっていくという事です。

若い人たちが大人になっていく過程で大事なことは、自分自身を大切にし、自分自身を尊重して、自主性を持って本を読み、出来れば仲間と意見交換して自分の考え方を磨き、自分の心に問いながら、信念を持てるまでに自我を成熟させていく姿勢を貫くことだと思えるのです。そのあとで、社会との協調性を取り入れていけばよいと考えています。

例えばコロナウイルスへの対応でも、欧米社会では夜間の外出禁止など罰則を伴った政府の強制力が利用されていますが、日本には馴染まないとされています。馴染まない理由は、大衆の自由を束縛する強制力を伴った規制は、戦時下の全体主義社会を思い起こさせる事から、多くの人が戦争と結び付けて考えてしまうからでしょう。ご存じのように日本の憲法ではその前文と9条において、自衛のための戦争も含めて戦争の放棄を決めています。その考え方と相容れないのです。

そのように国や社会が変われば、同じ民主主義社会でも、あなたの周りの考え方は違うのです。あなたが生きていく上で、あなたの身の回りの社会と協調していく事を求められてはいますが、その社会で常識とされる考え方は不変ではないし属する社会により違ってくるのです。物事を相対的に考える事が出来る事が大人だと定義した時、相対的に考えるべき対象が変化し続けている現代社会では、若い方たちにとって考えるべき事が複雑化し、全てを網羅し相対的に考える事など誰にも出来なくなっていると考えた方が良さそうに思えます。どんな人も、あらゆる社会の常識や価値観その全てを満足する事など出来ません。それでも自分自身の考え，信念、成熟した自我を持たない人は、周りの社会への適応を第一に生きていくしかありませんが、自分自身のない人生は、充実した満足感を持てる人生にはならないはずです。

この章では、日本とイギリスの比較を多く例にとって民主主義社会でもそれぞれに相違のあることや、自我の発達過程で若い方たちが自立していく環境に違いがあることを見てきました。若い皆さんが様々な分野で世界に羽ばたいていくために、日本人というのは世界の中でどのような特徴や、同じ価値観を持っているはずの民主主義国家同士でもどのような相違を持っているのか、知っておいた方が良いと思ったことを例にとって書きました。

一般的には民主主義というのは政治体制を言う言葉で、人民に主権がある政治体制を指します。民主主義の対義語は君主制、独裁政権、専制政治、全体主義などです。民主主義を支えているのは個人個人の意見です。しっかりした信念が個人個人にあるから、投票率も高くなり民主度も高くなるのです。この章で問題にしている事は、日本人にしっかりした意見を持っている個人が少ないという事で、その事が個人の主権の意識に影響しているという事です。

私が現役で働いている時、日の丸航空でもＬＣＣでも、他の職種の方たちは我々に対して「気を付けて話をしていたのだ」と退職してから感じます。我々パイロットの仕事は嘘の入り込む余地のない仕事でした。航空会社内では我々パイロットに対して、「誤魔化しは一切利かない人種」というレッテルが張られていたと言っても過言ではないでしょう。

ところが退職後趣味の世界で様々な方と一緒に一日過ごす事がよくあるのですが、一言でいえばいい加減な事を言う方が多いと感じています。特に高級車に乗っている方や、運転手付きで遊びに来ている方の中には、嘘を平気で会話の中に織り交ぜたり、はったりに類する発言をされる方が本当に多くいます。この人たちはこういう方法で世間をまだよく理解していない人を煙に巻いたり、威嚇に類することをしてみたりしながら、自分を相手より優位な立場に置き、利を得てきたのだと感じるのです。あなたにアイデンティティー、主体性、自我がしっかり備わっていないと、こういう人間からは上手に利用されるだけです。

まず自分自身を大事にして、自分を尊重して、本を読み、自分で考え、心から出てくる思いをよく考えて生きていくことでしか、充実した人生をあなた自身が送り、より良い社会を作り出すことに貢献をする生き方に繋げることは出来ないと考えています。

あとがき

私は古い友達を大事にして、時々旧交を温めたりしています。その中には女性も半分くらいいるようになりました。

しかし親友と呼べる友人は一人もいませんでした。でも寂しいとかつまらないと思ったことは一度もありません。私の好きな作家遠藤周作と河合隼雄が心の親友です。

若い皆さんの中に親友と呼べる友人が一人もいない人がいて、もし私のこの作品で私を心の親友にしてくれたら望外の喜びです。

◆執筆に影響を与えた本

吉野源三郎『君たちはどう生きるか』（新潮社／1937年）
福沢諭吉『文明論之概略』（福澤諭吉蔵版／1875年）
遠藤周作『海と毒薬』（文藝春秋新社／1957年）
『沈黙』（新潮社／1966年）
河合隼雄『中空構造日本の深層』（中央公論新社／1982年）
『母性社会 日本の病理』（中央公論新社／1976年）など

著者プロフィール

日野 好敏（ひの よしとし）

1947年生まれ
東京都大田区出身　職業：パイロット
1968年慶應義塾大学中退、日の丸航空にパイロット訓練生として入社
DC-8で航空機関士、副操縦士、機長、B767で機長、調査役
B747-400 で機長、操縦教官、査察操縦士
2009年日の丸航空退社、LCC に入社
B737-800で機長、路線教官、審査操縦士、査察操縦士
2012年定年退職
※団体の名称は本書のまま

一番大切なあなたに パイロットからのメッセージ

2021年 8 月15日　初版第 1 刷発行

著　者　日野 好敏
発行者　瓜谷 綱延
発行所　株式会社文芸社
〒160-0022　東京都新宿区新宿1－10－1
電話　03-5369-3060（代表）
03-5369-2299（販売）

印刷所　神谷印刷株式会社

ISBN978-4-286-22899-0